·青春的荣耀·
90后先锋作家二十佳作品精选

高长梅　尹利华◎主编

我的缥缈时光

岳冰 著

九州出版社
JIUZHOUPRESS
全国百佳图书出版单位

图书在版编目（CIP）数据

我的缥缈时光 / 岳冰著. -- 北京：九州出版社,2013.5
（2021.7 重印）

（青春的荣耀：90后先锋作家二十佳作品精选 / 高长梅，
尹利华主编）

ISBN 978-7-5108-2156-1

Ⅰ.①我… Ⅱ.①岳… Ⅲ.①长篇小说 – 中国 – 当代
Ⅳ.①I247.5

中国版本图书馆CIP数据核字（2013）第113844号

我的缥缈时光

作　　者　岳 冰 著
出版发行　九州出版社
地　　址　北京市西城区阜外大街甲35号（100037）
发行电话　（010）68992190/2/3/5/6
网　　址　www.jiuzhoupress.com
电子信箱　jiuzhou@jiuzhoupress.com
印　　刷　北京一鑫印务有限责任公司
开　　本　720毫米×1000毫米　16开
印　　张　10.75
字　　数　131千字
版　　次　2013年6月第1版
印　　次　2021年7月第5次印刷
书　　号　ISBN 978-7-5108-2156-i
定　　价　38.00元

小荷已露尖尖角（代序）

高长梅

长江后浪推前浪，是自然规律，也是文学发展的期待。

80后作家曾风光无限——韩寒、郭敬明、张悦然等大批80后作家已成为中国当代文学的生力军，他们全新的写作方式、独特的语言叙述，受到了青少年读者的追捧。

几年前，随着90后一代的成长，他们在文学上的探索也逐渐进入人们的视野。

2006年，《新课程报·语文导刊》（校园作家版）创办时，我在学校调研，中学生纷纷表示，希望报社多关注90后作者，多培养90后作家。那年年底，我在南昌参加中国小说学会小小说年度排行榜评选时，与学会领导和专家聊起90后作者的事，副会长兼秘书长汤吉夫教授对我说：看现在的小说创作，80后势头很猛，起点也高，正成为我国小说创作的生力军，越来越受到文学评论界的重视。你有阵地，就要多给现在的90后机会，文学的天下必定是属于新一代的。副会长、著名散文家、文学评论家雷达博导，副会长、著名文学评论家李星编审都高兴地表示，今后会逐渐关注这些90后的孩子，还表示可以为他们写评论。2007年年底，中国小说学会在报社召开中国小小说年度排行榜评选会议，几位领导还专门询问90后作者的创作情况。

2009年，著名作家、茅盾文学奖获得者、解放军总后勤部创作室主任周大新到报社指导，听到我们介绍报社非常重视90后作者的培养，而90后作者也正展现他们的文学天分，报社准备出版一套90后作者的作品选时，周主任静下心来仔细翻阅那套书的部分选义，一边看一边赞不绝口，并表示有什么需要他做的他一定尽力。周主任的赞赏让我们备受鼓舞，专门在报上开设了《90先锋》栏目。这个栏目一推出，就受到90后作者、读者的欢迎。

2010年，著名报告文学作家、学者，中国图书奖、五个一工程奖、鲁迅文学奖获得者王宏甲到报社指导，见到报社出版的《青春的记忆·90后校园文学精选》及报上的《90先锋》专栏文章，大为赞赏，并称他们将前程无量。之后不久，我们决定出版《青春的华章·90后校园作家作品精选》。这套书收入18个活跃的90后作者的个人专集，也是90后第一次盛大亮相。曹文轩、雷达等为高璨作序，著名文学评论家李少君、张立群为原筱菲作序，著名评论家胡平为王立衡作序。此外，还有一大批中国作家协会会员如刘建超、蔡楠、宗利华、唐朝晖、陈力娇、陈永林、邢庆杰、袁炳发、唐哲（亦农）、孟翔勇、倪树根、李迎兵、杨克等都热情地为90后作者作序推荐。他们在序中都高度评价了这些90后作者的创作热情、创作成绩。当然也客观地指出了一些值得注意的问题。

90后作者的成长也引起了文学界的重视，他们当中不少人都加入了省级作家协会，尤其是天津的张牧笛还于2010年加入了中国作家协会。他们以自己的灵气、勤奋，正逐渐走向中国文学的前台。

张牧笛、张悉妮、原筱菲、高璨、苏笑嫣、王立衡、李军洋、孟祥宁、厉嘉威、李唐、楼屹、张元、林卓宇、韩雨、辛晓阳、潘云贵、王黎冰、李泽凯等无疑是这一代的代表。这其中我特别欣赏原筱菲。她不仅诗歌、散文等写得棒，美术作品别有特色，摄影作品清新可人。在报刊发表文学作品、美术作品、摄影作品2700多篇（首、件）。还有苏笑嫣。不仅诗歌写得好，小说也受评论家的好评。尤为可贵的是，她完全依靠自己的能力行走文学，却不去借助自己父母的关系走丁点捷径。还有张元。一个西北小子，完全凭自己对文学的执着，硬是趟出自己未来的文学之路。还有韩雨。学科公主，加上文学特长，使得她如鱼得水。

著名文学评论家白烨曾发表文章将40岁以下的青年作家群体细分为"70年代人"、"80后"和"90后"。他评价，90后尚处于文学爱好者的习作阶段。从创作来看，青年作家普遍对重大历史事件有所忽视，对重要的社会问题明显疏离，这使他们的作品在具有生活底气的同时，缺少精神上的大气。不过，在他看来，这些年刚刚崭露头角的90后有着不输于80后的巨大潜力。（转引自《南国都市报》2012年9月18日）

但不管怎样，成长是他们的方向，成长是他们的必然结果。

这次选编这套书，就意在为90后作家的茁壮成长播撒阳光，集中展示90后作家的创作实力。我们相信，只要90后的小作家们能沉下心来，不断丰富自己的阅读以及丰富自己的社会积累，努力提升自己写作的内涵，未来的文学世界必然会有他们矫健的身影和丰硕的成果。

我们期待着，读者也期待着！

目录

一　目光里的整个世界　001

二　从圣诞节开始的　008

三　这是爱吗　015

四　我和裕忏忏的疯狂年华　027

五　生死两茫茫　035

六　一切的你都是你　041

七　被花海淹没　047

八　望望的妈妈　落忆的无奈　053

九　悲伤万劫不复　058

十　寂寞游子心　066

十一　心灵的那颗明媚种子　070

十二　阴谋　077

十三　毒杀　083

1

十四　连环　090

十五　开悟　096

十六　臆想中的真相　100

十七　了结　105

十八　缄默　109

十九　花开过处　回味依然　113

二十　如果真的可以　117

二十一　相逢何处忙归去　121

二十二　殇　125

二十三　怅然若失　129

二十四　谁主沉浮　131

二十五　我的弟弟我的家　136

二十六　梦里蝶舞天涯　139

二十七　裕忏忏的话　143

二十八　最后关头的决定　147

二十九　醒来是新的生活　153

三十　在家里的最后一晚　156

尾声　160

一　目光里的整个世界

在我的幻想中,经常出现这样的场景:芬芳的季节,艳在枝头香在群岭,我踏着叮咛的泥迹,漫步在这恰似天堂的美丽中。正前方有若隐若现的杨柳岸,岸上落英缤纷。有一个低沉的声音催促着我:"跑过去吧,跑快点。"是谁的手常常有力地握住我,带着我飞快地向前跑去。柳絮飞出漫天的美好,落在湖水里闪出晶莹的光。我的心和水相融,招引蝴蝶荡漾不安的心湖……

正在这个年龄的人总会用一些华丽的句子来描述自己的想象。尤其是在上课的时候,思维会像是一团烟雾随着春天吹进来的风飞得老远,抓都抓不回来。

"肖若儿,肖若儿。"同桌轻轻地唤我,用手势告诉我老师正提问我呢。我有点尴尬地站起来,尽可能地逃避田老要杀人似的目光。田老的脑袋瓜子是正方形的,生气的时候会变成梯形,跟变形金刚似的,老神奇了。

对了。我不是一个学习好的孩子。老师不喜欢我,朋友也很少。现在初中生最可爱的女生的形象应该是规整的高高扎起来的头发,上课的时候桌上会有笔记,认真看着老师的眼神里会射出一道聪慧的光。

我觉得我这辈子都当不了一个楷模一样的人物了。

"肖若儿,你听课状态绝对不行,都快期末考试了,这么简单的题你都不会,叫我说你什么好呢?"田老又皱眉头了。

我悠悠地听着,任凭左耳朵进右耳朵出。可我的视线没在田老硕大的脑袋瓜子上,注视的是没有任何风景的窗外。我的耳朵好像有一个很好的解脱了,因为好像一个天使在我的耳旁轻唱,甜美轻柔的声音让我温暖地沉醉,声音不大但足以掩盖住田老白铁皮般刺耳的说话声。估计田老没说好话,因为我看见路诚回过头来,与我的目光交错,那目光里深表同情。我还隐隐听到同桌念咒似的给我打气:"别哭,别哭,别哭……"

放心,我亲爱的傻瓜,我心灵没脆弱到那种程度。虽然平时总是眼泪特别多,伤心和不伤心的时候都会掉下来。

他们都说肖若儿可真是太奇怪了啊。

我也从来没在乎过田老和周围的一切的一切,我讨厌他就像他讨厌我一样。好学生当不了就安心地当我自己的差生了,一点负担都不用有。

下课的铃声终于在我热烈的期盼中打响了,我很清晰地听到,田老拿着他那不知用了多少年的脏兮兮的破书走出教室了,可能从街头地摊批发来的劣质皮鞋踏在地上叮咣响。

对。肖若儿真不是个好孩子。最起码不符合学校里定义的好孩子的标准。我不喜欢学习。讨厌一切强制性的东西。虽然这种强制性大家都不喜欢,有的时候就是不服表现得太明显了,导致老师也不喜欢我。同学们还都觉得我是个奇怪的人。

我努力把他的样子从心里删除,否则一整天的心情都不会爽。准备出教室的女生们路过我这儿都重复着同样一个动作,那就是大大咧咧地拍着我的肩膀说:"肖若儿你保重啊!"同学之间永远都是阶级同志,一个动作表达着愿我代表她们同田老对抗到底的真挚愿望。

不过还是有优秀生抬起头来,看我一眼的眼神里有着难以捉摸的一种同情和鄙夷交织的神情,唉,这个时候好女生和坏女生之间那种微妙感觉大人一定都不能理解,万语千言难以形容。

我拨拉一下刘海,仰起头,微笑着看她一会儿。她一惊,然后低下头继续算数学题了。随之长长地叹了一口气。

然后同桌的嘴一直在动却始终没能听清在说什么,因为那个天使又继续她的歌声了。在我问若干个"你说什么"之后,他歇斯底里地冲着我吼:"老师让你去他办公室!"

"嗯,这回我听见了。"我这样一说,同桌却扑哧一声乐了,说肖若儿你果然好奇怪啊。我想可能是这样吧,我爱幻想的嗜好是与生俱来的,就像人要吃饭那样不可缺少。但就是这样让我很另类,并且有点神经质,让我有点幼稚也有点未老先衰。

但我还是比较庆幸我有这样的习惯。我就想吧,如果把我想过的一切写成童话,不不不,应该是武侠。

有时候果然差生受到的待遇太不好了。谁也不是想当差生的。真是想想就难过。

去田老办公室就像一个仪式一样,一个月都要进行几次。我实在不喜欢那个地方,洋溢着臭袜子味,使我的鼻子备受折磨。一个年组就这么一个男性老师,一个人在空旷的办公室里多少还有些孤独。

孤独⋯⋯

是啊。但是我们的孤独是不一样的。

走出教室时,路诚叫住我说:"别太倔了,装还不会吗?"说话时,眼里闪现的是粼粼的纯洁之波。目光真是个好东西,是微妙美好又能让人虔诚接受的关怀。

不知路诚在我的生命里应该是怎样的存在。他的目光总像是施舍式的同情,但也总会是给我多多少少的温暖。我感激地看了一下他,往办公室的方向走了,他朝着我微微笑了一下。

这样想着，我优哉游哉地逛荡到田老办公室。推门一看，裕忏忏正恭恭敬敬地接受田老的"洗礼"，那个野蛮到白天见鬼的少女在田老面前竟如此地点头哈腰，心里暗暗觉得好笑，这样的裕忏忏真可爱，又温柔又体贴的，要知道她平时可不是这样。

心情在这个时候就变得无比愉悦了。真是肖若儿的死党，连挨训都在一起。

田老的脸变换为矩形，上嘴唇挨天，下嘴唇挨地地四下翻飞。老实说，我还是比较同情裕忏忏的命运的，同时也佩服她的乐观主义。那脸上的快乐笑容看起来比田老还阴险。

这时田老承上启下地说了句："行了你走吧，肖若儿你过来。"裕忏忏走出回头冲我扮个鬼脸，也许是以回敬的方式幸灾乐祸吧？我真想走过去一把掐死她。再吼她一句。

田老看着我一反常态地笑起来，都快抽筋了。我正纳闷这叫皮笑肉不笑还是笑里藏刀呢？我木讷地听着他的训话，并渐渐感到四肢无力。从经受折磨到从记忆里完全删除的过程中如此消耗能量啊。语文课正进行一半，老师声音轻轻地说一声："回去吧。"我给不同的老师以不同程度的病态印象，语文老师也不例外吧？但她是唯一给过我温柔的老师。她说过我的眼神很忧伤，像她的女儿。

同桌大大咧咧地给我一下子，问我在田老办公室情况进展如何，我没搭理他，一笔一画地记下老师写的板书。他好像自言自语："想开点儿，你的生活才刚刚开始，年轻人。"我侧过脸去看他，感叹好败类的一个小痞子啊。

前桌把我的笔记本抢了去，看了一下后，不知是有意还是无意地摔在我的脸上说："什么破字呀！"就这样了吧，早在很久以前，就习惯这一切了。其实也很佩服前桌那孤傲的姑娘，成天板着脸累不累啊。我突然想到幼儿园时候那万千的宠爱了，那些太奢华的东西，自从父母离婚

我的绿纱时光

后,再不会出现在我的生命里了。

一滴泪在我的眼里徘徊,却始终没有落下来。同桌碰我一下,我还是没理他。他把一本笔记放在我桌上,说一句,"裕忏忏给你的。"

那里面夹着一张纸条,上面写着:"走自己的路,叫别人打的去吧!"我看裕忏忏特妖孽地冲着我乐,估计她又是在想"同是天涯沦落人"了。也就是这一瞬间,老师气愤地拿起她藏在语文书后的东西,在我们同样一愣神的刹那,不留情地一撕,碎得满地都是。

老师们都是这样,一点挽回的余地都不给我们留。无论犯了什么错在我们的世界里总要慢慢探索着来,何必在我们心灵划下一道新的伤痕呢?

裕忏忏无力地蹲下去,捡起地上的纸片,泪流满面。我知道,那是裕忏忏认为最珍贵的东西,充满着美好的她原创的科幻小说。每天都是它们支撑着裕忏忏走进学校来的,才有动力学这么无聊的东西。

议论声一片,不知谁说:"该呀,她早就该有这一天。"

我悲哀地看了那个女孩儿一眼。

他们怎么能知道它有多重要呢?它对于我的朋友来说,和一张高分的试卷对于同学们是一样珍贵的东西啊。然而却是一边收到那么多的宠爱和赞扬,另一边是挖苦和打击。

这太不公平了。

大家同样觉得裕忏忏和我一样上课下课只知道写小说神经分分的。我的心不由得痛了起来。仿佛被什么撞了一下,和裕忏忏的心,共振许久。裕忏忏是我活这么大过程中唯一让我有心痛感觉的朋友,她所给我的一切都让我幸福让我难以忘怀。有自己的爱好,并能一直做下去,在学校里与众不同是多么了不起的一件事情啊,他们怎么就不知道呢?

带着蒙眬的泪眼,她还是回头看我,那目光充满埋怨,好像在说,若儿,你为什么不救救我?我在心里说,对不起,我脆弱得自己都救不了自己怎么能够救你呢？爱莫能助，爱莫能助啊！

那目光里有无限温柔的守候。"对你的关怀一直都在呢。在你的左边，在你的右边，在你的无处不在。"我在心里这样说。

中午下雪了。雪舞得漫天都是。下午，我已无心再听老师讲课，铃响后，我第一个冲出教室。踩在雪地上发出的声音，分外好听。远处，路诚一个人徘徊着。

我看着他，看着他抬头接受我的目光，并没有回避，我看到他儒雅的微笑了呢。我用我的目光告诉他，路诚，我看着你呢，我一直看着你呢，我用我的目光捕捉你，你逃不掉了。

他低下头去，用树枝在地上写着什么。他上楼时我潜过去看，那分明是"肖若儿"三个字，是路诚写的啊！无限的幸福将我塞满，由不得我多想就已经沉醉。我头一次觉得，我的名字写出来是如此好看。我没太留意，名字后头还有另外两个字——"加油！"

晚上放学，雪还是在飘着，天已经黑了，笼罩出静谧的场景。悠悠然逛在不知走过多少次的回家路上。身后有很轻的声音唤我："肖若儿。"

"路诚！"有一丝浅浅的惊讶，伴随着挥之不去的喜悦。他快走几步，我后退几步，与他并排走着。路诚的眼睫毛上落了一层雪，把眸子的深处衬托得格外晶莹。

看着夜色，他很突然地对我说："肖若儿，如果现在有一个歹徒出现，是先绑架你还是先绑架我呢？"我开着玩笑跟他说："可能是你吧？至于为什么，我还说不清楚。可能我觉得我比较不值钱……"路诚说："为什么不是肖若儿呢？肖若儿有着那么温柔脆弱的外表啊。比较好绑。"我语塞，从来没有人把这么奢华的词语形容在我的身上，想说的话是，若一旦真有歹徒绑架我的话，路诚会拼命保护我吗？

我就想啊，歹徒怎么会绑架我呢？他有这心也没这胆啊，我浑身上下都散发着腐败气息，绑架了之后往哪里卖啊。同时也想，天时地利人和衬托着这个时刻,怎么会有歹徒出现呢?

路诚就陪我一直走,一直走下去,离我的家越来越近。我不禁问他:"你家在哪儿?"他伸出胳膊指给我看,那是我家,四楼灯最亮的那个。我抬头仰望,余光看见他灿烂的一笑。路诚的家和我家只隔一栋楼。

路诚的笑里全是温暖,这样,淡淡的最好了。

二 从圣诞节开始的

今年圣诞，正赶上双休日。晚上，打电话给忏忏，想找她去玩。裕忏忏告诉我，今天不能和我在一起了，她们一家正在外面吃饭。听到这句话，我的心颤了一下，她好像也觉察到不应该说到她们家，于是补了一句，我明天一定给你补上。你要乖乖的。

"你要乖乖的……"

先交代一下，前年我爸妈离婚了，因为他们总吵架，去年我爸因打人被带到局子里了，我和奶奶在一起过。我爸喝酒之后就爱打架，在家里打，在外面打。进去之后我和奶奶的生活开始变得很平静了。

我是个绝对自由人，奶奶对我很好，对我很宽松，总是大彻大悟地和我说，人到世间走这一遭，干吗总出难题自己难为自己呢？

于是也从来不问我学校的一切，每天能看到我就很满足。她说了，要善待生命里一切与你有关的人，要创造暖暖的爱。我那个时候不明白，后来想起来，都会落下复杂的泪水来。

难受的时候我就会和奶奶说，我不去上学了好吗？我就在家听你说话，我觉得你的话可比老师说的话有用多了。

她会笑着回答说："去吧，孩子，我又能陪你多久呢？"

我和奶奶是两个孤独的人彼此相爱。我明明知道的。可有些时候就是会让她难过。我也渐渐觉得自己像老师们说的那样是个烂人，我只

我的绿纱时光

008

有能让奶奶难过的本事,其他什么都没有了。

就像,这么一个日子我怎么能愿意在家里待着呢,这里的一切都死气沉沉的。于是我平淡地对奶奶说声我出去了,来不及让她问我声去哪里,我已经摔上门走了。

街上一片温馨情调,可爱的彩灯闪啊闪,美得让我心里发酸。都是一同出游的,只有我是一个人。从现在开始想念,在我很小很小的时候,我的爸爸妈妈在每一个圣诞节都是带着我出去的。他们买银白色的发冠带在我的头上,我就像公主一样幸福着了。可那一切的一切,都是虚空,都是捕风吧?

感情是人世间最脆弱的东西。总是从很浓郁变得越来越淡,最后再也找不到了。就像从前,家里一切都好好的时候,家里的生意没有败落,很富有的时候,我从来没有想到他们俩能像现在这样。人的心灵就那么不堪一击,变穷后一切都没有了,包括当初那么温暖那么坚固的爱……

不不,我告诉自己,肖若儿你应该相信他们的。

身体无指挥地四处游荡,徘徊到了一家小书店旁。反正也闲来无事,出于一种敬畏的心态对时间的消耗,我走了进去。冷冷清清的,放着很好听的曲子,欣赏者却只有我一个。

我翻着一些治愈风格的绘本,心慢慢温暖起来了。于是我又上路了。

出了书店的门,我向着热闹的商业中心方向走着。甜蜜的一家三口与我擦肩而过,每路过一次心就被刺痛一次。

对不起,我也想我的家了。

不止一次的,梦里会回到那里去,一开门有一桌好吃的饭菜,爸爸妈妈奶奶全都微笑着等我了。

妈妈用请求的口吻问我:"若儿,一个人走路不孤独吗,和你弟弟一起吃顿饭好吗?"这种情感让我泪流满面,有太多的埋怨却什么都说不出。你为什么不回去看看我?当初你为什么不说一声再见就离开了?

你为什么给一个不是亲生的男孩子的爱比给我的都多。我才是你的孩子啊！不公平的一切，让我遍体鳞伤，伤得我麻木直到不知道别人爱我不会去爱别人。

那个甜甜样子的男孩问我："姐姐，你怎么哭了？"我长叹一口气，想你说我怎么哭了，你抢走了我的母爱还问我为什么哭了。旁边那个男的也终于憋出一句话了："和我们去吧。"

男孩也说："那个餐厅的东西很好吃呢。"看我点下头后，男孩高兴地把小手向我伸来，我就是再不情愿也得握住。我的手握着另一个孩子的手。我不知道该怎么叫他。

男孩拉着我就往前走，两个大人变主动为被动在后面屁颠屁颠地跟着。想他们此刻看我的目光一定极为复杂，怕那表情太难看所以我一直没敢回头。这段路走得始终很尴尬。

那个豪华的西餐厅曾多少次出现在我向往的梦里了？那气派和场合是我所无足奢望的。我们家有钱的时候我们三个都没一起去过。真是没想到，今天却以如此现实的方式走进来了。正在播放的歌曲叫作"平安夜"吧？记忆追溯到很小的时候妈妈教过我唱的。而现在，早已模糊不清了。歌词是什么来着？

男孩活跃地叫道，我要水果比萨，我要香蕉奶昔！然后又转过头来问我，姐姐要什么？

"和你一样好了。"我淡淡地说。

一时间没人说话，气氛尴尬得很。我妈妈的男人皮笑肉不笑地说："肖若儿胃口好大，和男子汉吃得一样多。"

见我没搭理他，也没有继续自讨没趣下去。我妈妈看看我再看看他，迟疑一下说："你和你弟弟在这里好好待着啊，我和你叔叔出去逛逛。一会儿回来啊。"

"那不送啊。"我说完这句话，男人的脸拉得比驴脸还长。

他们没走多长时间,点的东西就端上来了。比萨没吃多少我就准备告辞。男孩抬起他那不丁点的小脑瓜,认真地问我:"姐姐你真准备走吗?"我说了一句:"嗯,家里还有人惦记着呢。"我这句话说得多有水平啊!

沿着到处都闪着灯光的街一路走回去。有一对依偎的情侣还叫我帮他们拍了一张甜甜的照片。

回去,奶奶和平时一样习惯性地问我:"你去哪儿了?"

我悠悠然地回答:"没什么,圣诞了嘛,去和我妈吃顿饭而已了。"她愣了一下,叹了口气说:"你都好久没看看你爸去了。"

我歇斯底里冲她吼:"我没有爸,也没有妈,我什么都没有!"

我是真伤心了。但其实我不想冲着奶奶发火的。发完火却又不知道怎么样开口道歉了。

奶奶的眼角撇了下来,给了我一个背影,无助又苍凉。

然后我跑出去了,我是多怕去面对老太太的泪水啊。就是从来假装看不见她的泪水,以为我从来没伤害她。我又有多快感让她后悔,顺便把我爸妈的那份加上。没有我爸又怎么会有我?我知道我会被遗弃我一定不要出生了。

那一切,和我有联系却对我不够好的,想企图摆脱我的,或是替别人赎罪对我好的。我一定要让他们受伤,严重地受伤。

你们都等着吧……

茫茫的夜色,几颗疏星无力地闪着。忽然听见有人唤我,那是很轻很轻的唤声——是肖若儿吗?

我没有去正视他那太过奢华的目光。雪和泪在我那本来就不漂亮的脸上揉成一团。我想我现在一定很丑吧,丑得让人不愿再看第二眼。

沉默有相当长的时间,路诚说了一句:"去我家待一会儿吧。"

他的声音很轻,可是像命令一样不可拒绝。我说声好,乖乖地跟在他后面了。蒙眬地看他手上提着的东西,是各样的练习册。路诚在学校

二十 如果真的可以

里"NO.1"的称号的确不是徒有虚名。

到了他家,在他开灯前我就冲进卫生间,打开水龙头任眼泪狂泻,不知是泪还是水,眼前蒙眬心更蒙眬。我哭得从来没如此痛快过,好像把这一年来的泪水都哭出来了。

他并没安慰我,他也许猜到或感知到安慰对于我是徒劳的,只是悄悄为我打开灯。哭累了,从卫生间走出来,我转过头去看路诚,他马上放下手中的数学书,拉过一把凳子示意我坐下。

坐下后我依旧看他,他却依旧去看那本数学书。那专心的样子挺可爱的。

我说:"路诚求你和我说句话好吗?"他合上书说:"那好,就告诉我你今天的心情为什么如此不爽吧。"

看我低下头去他也没追问下去的意思,我抬头,迎接他的目光说:"今天,不要赶我走好吗?我不想回去了。"他想了想说:"随你便,恰好我爸妈昨天晚上出门了,要过段时间才能回来。"

然后我就惊愕了半天。我的天,他不会真同意了吧,我可是就随便说说的。

少年说话时那冷漠的眉眼,一直没有看我,我看了他好久也没有看我。没有一丝的温柔,哪怕是怜悯呢。独有的安静也挺好的,从桌上拿起一本语文书,学着他的样子,故作认真了。我看路诚嘴角微微扬起,然后继续投入数书课本中。

那我真的不走了。

我自由太多,心碎也太多。这时,学习是最好的寄托。没有太多的人为我心痛了,我安心了。

无限漫长的圣诞之夜,我与他对坐,在浓浓淡淡的温暖中,用书本安抚我那急躁得快发疯的心。我从来没这样安静过。路诚低着头思考着,清清纯纯的模样,偶尔透过窗户看看月光,我捧着书本,心无旁骛。直到楼下夜猫的叫声划破寂静。路诚抬头对我说："如果你困的话,进屋睡吧。"我不禁问一下:"那你呢?"

他看了下外边说,我还要过一会儿。

走进屋去,躺下。这就是路诚的床吗,好软好舒服啊！枕巾上还有洗头水的清香。可总是莫名其妙地睡不着,就看着客室的灯一直亮着,亮得刺眼。我悄悄地坐起来,趁着余光看到一个很厚的笔记本,那应该是路诚记的日记。我犹豫了一下,把它放在桌上,一页页地翻着:

二 从圣诞节开始的

9月1日

升入初中了,作为新入学的班级第一名荣幸地被那位笑起来很妖孽的老师支使得团团转。为了要满足自己的自尊心只好一味地这么装下去吧?

被分到我们值日组的有一个有着忧郁眼神的女孩,不知是叛逆还是淘气总是不听我的指挥。我不去对她发火因为我一向喜欢叛逆精神。通过点名我知道,这个女孩叫"肖若儿",这个名字很好玩。

9月8日　星期三

军训,那个肥头大耳的教官长相可真够有意思的。那个叫肖若儿的在我的前一排,身影总是孤孤独独。听她的原班同学说,这是个极为怪癖的人物。

我接着往后翻,希望还能看到我的名字。路诚清秀的笔迹,带着我在他的内心世界里狂奔。

6月2日　星期一

雨下得很大,我打着伞回家,远远地看见肖若儿在雨里慢悠悠地走着。往前快走了几步，把雨伞递给她，她却轻轻推开说："不用，我喜欢淋雨的感觉，你看天上没乌云哪！"她的脸上全都是水，头一次近距离地看她，发现这张脸好可爱尤其在微笑的时候，一如现在。看她文文弱弱的身躯一直向那边走去，一阵心疼。

真的是很个性的女生，超凡脱俗。

6月13日　星期四

肖若儿一直低头不语，忍受着老师那翻天覆地的厥言。老师训她时嘴里从来没出过好听词儿。原因就是，她隔着一个人和我说话来着。

心里一阵刺痛，肖若儿，让我的心连同你的那份一起听他胡说八道些什么吧。我回头看着她，她的视线却一直在我身上。不知为什么，她总是这样看着我。这视线是穿越式的，在人山人海的电影院里也能追随到我。让我无处躲藏。

今天又下雨了，叫肖若儿，她说，老师说我耽误你学习了呢，然后就头也不回地走进雨里了。

现在是两个世界，伞外一个，伞里一个，不知是隔绝了我还是隔绝了她。

老师说我耽误你学习了呢……

看着外面的光亮，那是灯光，再看看里面的光亮，那是星光。把日记小心翼翼地放回原处，然后把窗帘拉好。好想对路诚说声谢谢。

谢谢你见证我的，谢谢你指引我的和牵挂我的，谢谢你心疼我的，谢谢你惦念我的。

今天，圣诞之夜，我默默地祈福，万福吧我的亲爱……

三　这是爱吗

　　再醒来，天已蒙蒙亮了。推开屋子的门，看到男孩已经伏在书上睡着了。我轻轻地走过去摸了下他的脑袋，感叹可真是质感啊！柔柔软软的。我注意到他那透过梦的微笑了呢，真是一个集万千宠爱于一身的公子，路公子，梦中都幸福微笑着。

　　路诚日记里，我看到你喜欢这样的我，觉得我不一样，认为这是对的。那么我就不自卑了。对了，未来那么远那么捉摸不透，应该什么样才是对的呢，还是好好做自己吧。不改变，永远不改变！

　　突然想起奶奶了，一晚上都没回家，会不会担心呢？那个忧伤的人。也是啊，经常会一赌气就跑出去，昼夜不归，她也习惯成自然了吧？以为她会理解我所以每次也从来不道歉。有一个如此的儿子是她莫大的不幸，有一个如此的孙女是她不幸中的不幸。其实我也不知道自己怎么就这样了。

　　然后我现在竟然在同班异性同学的家里……

　　我坐在昨晚路诚给我准备的凳子上，心说，我什么都不想了，只想这样看着你，看着你醒来。

　　只听他迷迷糊糊地叫："肖若儿，肖若儿。"让我分辨不清是醒来的呼唤还是在梦中的呓语。

我还是问了句："有什么事吗？"

他闻声睁开惺忪的睡眼，看着我笑了，他说："我饿了，我想吃饭。"

"这……"我还有点愣神。见我有些为难，他又笑了一下说："桌子上有方便面，帮我泡可好？"

我答应他说，好。

我去厨房时，他往卫生间的方向去了。直到我告诉他面泡好了，他才从拉门里出来。他从橱柜里拿出两副碗筷，把其中的一副推给我，很自然地说："一起来吧。"

我愣了一下才憋出了一句："谢谢。"

路诚的家很暖和，很规整，终于不想离开这个温馨的地方了。

我真想问 下昨天你是怎么想的能把我留在这儿，可到了最后也没有问出口。

路诚叫我，听他分明是在叫我"若儿"。我转过头去看他，我们的距离是这样的近。然后他问我："你家长不担心你吗？"

沉默好长一段时间，准备把我家的一切都告诉他了。不是想让他同情我，而是想让他好好爱护我。于是我把我妈如何头也不回地走出家门，我爸带着什么表情被带到局子里以及我奶在我熄灯后发出怎样的叹息，所有一系列我都告诉了他。

我没有注意，他竟然听得入神忘记了吃饭。同时他脸上露出很茫然的表情，可能是在忏悔不应该问这么一句话，也可能在想接下来如何转移话题。

我对他笑笑说："这下好了，一天天的我可自由了。"

他问我："我没想到你是这样的情况……我，唉，反正不要有压力。他们是爱你的。喜欢这里吗？"

我在嗓子眼里憋出童声"嗯"了一下。

他又说:"那常来好了,随时欢迎你。"这句话就一直在我心里温暖着,挥之不去。

路诚,这一切,就是你忘了,我也不能。

我想我该回家了,那儿才是我永恒的归宿吧?这不是我的家。昨天像是一个梦,清醒过来我知道。这若是被大人知道了他们会把这个简单的问题变得无比严重的。

于是我和路诚说我要离开了,他也没虚假地挽留我。走的时候还和我笑笑,我也笑了,我觉得这是默契,这是一个只有我们知道的秘密了,谁也没有叮嘱对方却会一直守护的秘密。

在走廊里就闻到的一阵发霉的味道,老人的味道,我知道这是来自家里的,始终令我心情不爽的,莫名其妙想发脾气的味道。

贴在门上想听听里面的声音,可一切都像是死了,安静得吓人。我想不明白,我真的想不明白,我为什么这么怕回家。

好像听到啜泣声了呢,这种声音让我眼眶发湿。外面的天很亮,可楼道里是暗无天日的黑,声控灯把我孤独的影子拉得很长。快乐是空灵的奢望,我无力去把握。

奶奶,我不晓得你为何总是如此伤心,也不愿去晓得。我的心里被忧伤塞满了,再也装不下了,由不得帮别人再分担一些。

我缓缓地,走下楼去。

走吧,断肠人不知其归宿。感觉累了的时候抬头看见一处网吧,我毫不迟疑地走了进去。网吧很小,没有拦着未成年人,递给我一张假的身份证号叫我输到电脑里就放我进去了。没人管我了,想管我的心都已经麻痹了。连法律都不管我了,网吧都叫我进了。

网吧里有劣质香烟的味道,让我挺喜欢的。旁边的一个穿着古怪的男生发现我一直在看他吸烟,于是就递给我一根,我的心剧烈颤动了几下,却始终没敢接过。他看我没接,于是把香烟放在兜里,接着打游戏了。

我与一个人在 QQ 上聊天。在视频显示上推断对方看起来是比我大不了多少的男生，头发修得跟个刺猬似的。

　　后来他说教我打游戏，并带我升级。我在游戏世界里叫他"老大"，他唤我"丫头"。当我在虚拟世界里风花雪月的时候，旁边伸过来一只手。

　　还是那个递给我香烟的那个男生，这时把一块面包递给我说："我看你也挺长时间没吃饭了。"我接过来就咬了一口，看都没看他。后来我不知不觉伏在桌上睡着了。那个梦里，路诚紧紧地拽着我的耳朵，带我离开这里。

　　梦境没有持续多久，醒来时却是真真切切感到耳朵疼。而旁边那位的手正在我的耳朵上，看我抬头后，他的手也放下去了。

　　我挺不乐意冲他喊："你干吗呀。"

　　他微笑了一下说："你也是学生吧？一个女生逃学可不太好。"

　　算你说对了，但起码我没败类到你那程度。我对他说："你也干点有用的事，别有一天待在这里面。"

　　我听到了他那阴险的冷笑，没有比这更难听的声音了。我突然间觉得为自己委屈，完蛋了，肖若儿你完蛋了，别人都不屑理你，你现在只能和这样的人混在一起了。

　　然后我吓了一跳。不不不，这样不行。

　　我是用近乎狂奔的速度跑进学校的。进班级后，所有人都像看耍猴一样地看我。已经是上午的最后一堂课了，我那有着蒙娜丽莎式微笑的英语老师即使再无奈也允许我回去了。

　　我那同桌一直盯着我看。我被看得不太自在，转过头去吼他一句："看什么看，没见过啊。""你就不能正常点吗？"同桌用极其无奈的口气说。

　　我白他一眼，用一个大大的哈欠告诉他不愿意搭理他。田老从班级

我的
绿纱
时光

门口路过,刚刚走过去后又退回来了。"肖若儿你往那儿一坐跟没事人儿似的,你来我办公室一趟。"身边的他轻轻拉了拉我的衣襟,小声说,他今天好像心情不太好,你可得小心点了。

我摇摇头,表示不怕他。

办公室里只有他一个老师,冷冷清清的。他没有搭理我,我也一直没说话。这样僵了相当长一段时间,他才用他那对斗鸡眼不屑地看我一下。

"你这样做,很光荣吗?"

我回答他的话说:"不这样觉得,我知道这样不对。既然我都知道错了,老师您也没有必要进行这次训话了。"

你无法走进我的世界的。我自己都不理解我为什么这么做。

我看着天花板这么想……

田老的表情开始变得很难看,过了一会儿才说:"你看你家都那样了,你怎么就一点都不争气呢?"也许田老没有注意到,他说完这句话后,我的身体是发抖的。按捺住自己的情绪后,我说:"我争不争气是我自己的事,也许我现在不争气是因为我没弄明白什么叫作争气。我的家由不得任何人去评价。"

我的眼里都被眼泪填满了。这就是我不喜欢学校的理由,大家都不理解我,并且一直拿着一根棒子反复捅着我的屈辱以为这样我就能发愤图强。

在我初中的时候,我觉得学校是血淋淋的,天空是红色的,飞到这里的鸟儿都会觉得这里弥漫某些孩子的难过气息而感到不开心。

说完我就大摇大摆走出办公室,我才不稀罕田老的脸色多么难看呢。他的话确实是让我痛了的,像涟漪一样,一圈圈往外荡漾,直到疼遍全身。我在心里发誓道,这地方,我再也不来了。

无其他的地方可去,所以我只能回到那个网吧。人很多,唯独空下了我早上坐过的那个位置。那个男生懒洋洋地打量了一下垂头丧气的我,然后问:"被老师批了?"

我白了他一眼。

男生又问我:"都说你什么了啊?"

于是我把从田老那儿憋来的气全都发泄在这个人身上:"你有完没完? 长得挺大一个男的,怎么比女人还磨叽呀。"

男生一笑:"我只是高兴啊,哎呀呀,小姑娘,我就觉得呀,你和哥们儿我挺像,我当时就是被这么逼的,咱不学了你看看学这玩意有什么用吧,你看看。"

控制已久的眼泪终于没出息地流下,一滴滴敲在键盘上发出轻微的响声。

男生慌了,说:"你别哭啊,你千万别哭啊,我真不是故意气你的啊。"

怎么办怎么办。不管是哪种生活我都排斥。我还这么没有力量。我也不知道我究竟喜欢怎样度过每天的生活,我该怎么办?

我终归是不愿意让别人看到我的泪,于是把脸和电脑显示屏贴得很近很近。男生一直没再说话,犹豫许久后才小心地问:"告诉我你的名字吧。"

"肖——若——儿。"我答他。

他小声地把我的名字念叨一遍,然后又说,我带你出去走走吧。

"我都不愿意和你说话,你走开行吗?"对他的厌恶是从见他第一眼就开始的。因为他一身的痞子气和流里流气的装束。

网吧里很乱,但我还是听到了手机响,是有人发来的短消息:

肖若儿,田老在想尽办法联系你奶奶呢。

——裕忏忏

手机号不是她的,应该是借用同学的吧?

"你也别搁那儿装,不久的将来你也得像我这样。"

"不久"、"像他那样",这类字眼着实吓了我一跳。不管在学校里怎样,我可不想提前混入社会啊。

男生也许看出来我在想什么,微笑了一下说:"我的意思是,你看现在都没人理你了,就我理你。你还是这样倔的话,那么我也不理你了。我也只想让你开心点罢了。"

他说这句话时的表情挺无辜的,让我终于想好好和他说句话了。

"那么,我该如何称呼你呢?"

"我的网名叫'落忆',你也这么称呼我吧。"

我看他起身要走,便也关了机跟着他出去。他回头看看我然后一阵奸笑,露出满嘴的黄牙。这男的长得的确有特点啊,头大耳大鼻子大,眼小眉小嘴巴小。

我问他去哪里,他说酒吧。

我好奇地看着舞池里扭动着的躯体,和长发飘逸的DJ。我尝了一下他点给我的酒,强烈的酒精味道呛得我直咳嗽。

他不屑地一笑,举起玻璃杯,把半杯的酒全都灌进嘴里。我学着他的样子,高举酒杯,可酒还没有进嘴就又开始猛烈地咳嗽起来了。

刚刚喝下去一杯他马上就又推过来一杯给我。我说我实在是喝不下去了。他便以此为理由骂我干什么都不行。我反驳他说:"这么说可不对啊,你那都是练出来的,可我从来都不练这个。这次不算,以后跟你比。"

"那我可真有兴趣见识见识。"落忆说。

我仰头,一口气灌下去半杯。然后得意扬扬地朝着他笑了。这杯快终了的时候,他又给我倒满一杯。我伏在桌子上,感到一阵头晕目眩。我说,这下我可真的不行了。

他还在喝酒，又灌满了一杯，一杯又一杯。一段时间以后，他说，肖若儿，我们走吧。

我央求他说："一会儿好吗，允许我睡一会儿在这里吧，我真的是很难受。"落忆回答说："你该回家了，天快黑了。"

我想站起来但没能成功，我的腿不听我的。他只好过来扶我，早知道醉了就是这般难受滋味的话，当初我就不和他装了。

他就这样扶着我在大街上一路走着，他的手是环在我的腰上的。我试着把他的手推下去但没能好使。我对他说："这样不好，也许我自己能走。"眼前蒙眬的街景似曾相识，我知道我快到家了。

他又露出了小痞子那般的笑容，说："那好，我现在走了，看你一个人能到哪里去。"刚开始没注意到，此刻，不远处正站着一个人，他的目光一直在我们这里。在迎接那犀利目光的一瞬间，酒醒了一半。是路诚，没错的。

我使劲挣脱了落忆的身体，歪歪斜斜地向路诚跑去。一直在叫着他，他却根本没有正眼看我一下。他的眼神还在落忆那里。

路诚的脚是跷起的，可能在下一秒就朝他走走过去了。他的衣襟是被我拉住的，却被他用不小的力气打下去了。

霓虹灯下的落忆，头发是诡异的蓝色，双手插兜，是十足的一个小混混形象。路诚一步步地向他走去，伸出手，然后竟然狠狠地打了他一个耳光。这一巴掌扇得落忆愣半天，然后以更大的力度照路诚的脸扇去。

路诚用很冷静的口气说："不想和你打架，若真打的话就不会这样开场了。有些女生你可以随便去碰，但这个女生是绝对不能让你去接近的。"他现在的样子简直是太带派了。

落忆又笑了，带有一丝邪魅。他说："公子哥儿还是好好学习，天天向上吧，不会打架就不要打。"他说着话的当儿路诚就往我的这个方向来了，我也往他来的那个方向走。然后我的手就被他握住，他把我从落忆的视线里拉开。他把我握得是那样紧,甚至有一些轻微的疼。

路诚。你竟然会打架……

我看着他刚刚被打过的脸有些发红,嘴里呼出的白气上升,直到消失不见。我抬起另外一只手抚了抚他的脸,被他不情愿地躲开了。路诚,好孩子,成绩榜上的第一名,多少女生暗恋的白马王子,竟然为了我挨打了。

我的手还没等暖热,他就已经放开。他对我说:"你就这样自甘堕落啊,但最好还是自爱一点吧。"然后他就把我放在这里,朝别的方向走了。路诚,你想对我说的话,真的就只有这些吗?为什么,连头都不回一下呢。

胃里一阵天翻地覆,我扶着路旁的电线杆吐了起来。吐的东西乱七八糟的好像什么都有,真脏。疼痛感让我无力地蹲到地上,站不起来。

路诚终于还是不放心我,退了回来。他站在我身旁沉默许久,然后说,我送你回家吧。我用几乎听不见的声音说,我不想回家,不想见我奶奶,不想让她看见我这个样子。

脚一阵发麻,于是坐到了地上,地真凉啊,还存有几天前下的雪。路诚就一直注视着我,看我如此难受的样子他竟然如此平静。那可是何等平静的表情啊!

晚上的风很大,冷得我都快没知觉了。我说:"路诚,你抱抱我好吗?"

他就真的俯下身子,拥抱着我了。那真是太暖了,让一切的寒冷,全都融化了。因为心里叛逆的坚冰化了,所以脆弱的泪就来了,滴落在路诚的肩上。"路诚,我不是向你索取温暖的,我只是想让你施舍一些我遗失的东西给我。我喜欢你。你看,整个班级整个世界,他们都不理我……我不认识刚才那个男生,我只是想有人理我,我不想被忘了,我很难过,你能理解我吗?"

他没说话,只是把我抱得离他更近一些,然后有力地把我从地上拉起来。这次是朝着他家的方向走的，我们一起。

"明天，你一定要回家去啊。"他又说："肖若儿，你有那么重要吗？你对我也是万千同学中的一个普通人，我为什么帮你，你想想，你这样做你就能让自己变得重要起来吗？他们太忙了没空理解你，你只能按规矩平平静静地生活，你看看你现在这样除了让自己更难受，对他们来说除了觉得你有病什么都没了。"

我摇摇头说："对，我就是有病。我不是好孩子。好孩子都是被保护着长大的，你没办法承受我的痛苦。你的任何我都接受不起，你的怜悯太贵了。"

他也悲伤地摇摇头说："不是那样的……"停了一会儿又说，只是，答应我别再让别人，你的家人担心了行吗？

我的绿纱时光

直到他的家里，我们就只进行了这一次对话。头又开始疼了，其实它是一直疼着的，只是没有去在乎罢了。他问我："很难受吧？"我点点头。

他说："亏得你也忍心这么折磨你自己。睡吧，明天还上学呢。"

"路诚……"

"嗯？"

"今天，谢谢你。"

就这样了吧，我歪在沙发上就睡着了。迷糊中感觉到灯黑了，路诚回到卧室去了，轻轻带上门。

再醒来的时候，天已大亮。墙上挂的石英钟指向八点半了。我竟然还是坐在沙发上的，还是入睡前的那般姿态。一旁的路诚正在一边吃面包一边看物理书。头发还没有梳理好，都立起来了像鸡冠似的。

我说他："笨蛋，都迟到了你还挺悠哉呢。"

他笑说，不急不急，你信不信，你今天会听到鼓掌声呢。

见我的表情挺茫然的，他乐了一下说："你出走事件都轰动整个年组了。"

我很是纳闷今天为什么这么迫切要去学校,我记得昨日还发誓"再也不到学校去"呢。

路诚递给我一块面包,我没有接。肚子胀得很,好像昨天吃什么吃多了呢。

然后他利落地梳了几下头发,然后就抄起书包背在身上。他叫我等等,转身去了卧室里拿来一个休闲包硬是叫我拿着。

他说这是被逼无奈,免得田老再看我不爽。

正如我所预料,又是田老的数学课。路诚敲了敲原本已经敞开着的门,喊了句"报告",同学的表情惊讶得很,我能觉察到那些目光不是在我这里,都是在看着我身边的他。田老目光向我的方向射来,那目光像刀子,割得我前胸生疼。他很是难得只点了一下头就放我进去了。更难得的是,回座位后我同桌把他的数学书推到了我面前,可被我不近人情地推了回去。他微微笑说:"傻妞,你的破脾气让你吃过多少亏了? 你还不改改? "

我也冲他笑了,这好像是我们俩第一次的和谐画面吧?

中午,我回家了。奶奶孤独地坐在饭桌旁,眼圈红肿着,看见我后她笑了,那笑容很开心也很轻松,但掩饰不住满脸的疲倦。看桌上堆得满满的我最爱的零食,一阵心酸。

"奶,我……"突如其来的惭愧让我低下头去,无话可说。奶奶依旧笑着,告诉我什么都不要说,并招呼着我叫我吃饭去。回想起来,她老人家真是"宰相肚里能撑船"啊。

我终于开始知道,我并不是没有爱,而是得到的爱太多了。她坚持要送我上学去,看她兴致挺高的我也没推托。我在前面走着,我奶奶在后面跟着并帮我提着书包。

楼下闲着没事的老太太,看到这一幕带着似笑非笑的表情对我奶说："你平时不挺趾高气扬的吗？怎么在孙女的面前也这么低声下气的啊。"

老人都是聚在一起聊着家长里短永远聊不完。奶奶从来不和她们在一起。她就像另一个我。

可是听这句话我火往上冒，招你惹你了，出口这么难听。我真想冲过去骂她几句，但我的胳膊被我奶拉住了就走。力气并不是很大但不得不服从。

走远了后我挣脱她那粗糙的手，用不太高兴的口气说："奶，你何必去憋她那窝囊气呢？"不过心里想想不骂她也对，老太太岁数挺大的，气个好歹的还得摊责任。

再去仔细看我的奶奶，她真的是很苍老了，双手帮我提着书包喘气都困难。就这样了，我伸出手去想自己拿着她也没给我，这是一种何种程度的溺爱呀！奶奶从来不要求我什么，哪怕我什么不是碌碌无为她都很乐意地养着我，直到她安然死去。

奶奶悠然地对我说："若儿，我是没精力去搭理她。我的全部精力都为了好好地去爱你，因为若儿是不可替代的啊。"我惊诧地看着她，这是和她过这么长时间以来，她第一次抒情。不知从什么时候开始，我都已经比她高出这么多了。

她又接着说："若儿，你其实什么都有。"

是的，我相信的，我什么都有。

四　我和裕忏忏的疯狂年华

　　日子又回到了以前那样,在学校里昏昏沉沉地混日子。我和裕忏忏却始终是两条活跃着的线条,混日子的方法是百变花样啊。别人的校园生活几乎都是晃动在学校与家的两点一线间,我们的范围要比这广多了。

　　有的时候还是觉得很迷茫的。但我就是学不会了。

　　每次燃起要重新赶上的念头,还会遭到鄙视。每次对着茫然的时候,都会遭到鄙夷。

　　"不会吧,肖若儿这种题目你不会? 你智商真的没问题吧? ""这个你都理解不了吗,真的吗? 我觉得小朋友都对这样的题目没问题了。"

　　我从来没怀疑过自己的大脑。可是一到学校什么都变了。

　　甚至栅栏围起来的天空都和外面的不一样了。

　　熬了五天过后,又是一个荣幸的双休日。这个时候是一定要冲出栅栏去外面广阔的天地的。

　　对,我约裕忏忏出来玩了。

　　已经超出约定时间很长了,可裕忏忏还是没来。急呀,早知道她有睡懒觉的习惯,当初就不该约这么早。

我用冻麻的手拨了裕忏忏的手机号码,那边接通后没等说话我就笑嘻嘻地喊,你个白痴,都什么时候了你才起来。那边冷森森地扔过来一句话——"我裕忏忏她妈。"

　　我彻底晕菜了,一想刚才那句话真是不好。学生的家长都不希望我和她的孩子在一起玩,裕忏忏她妈也不例外。还有我刚才说的没大没小的话……喜不喜欢我无所谓,我真是不想让裕忏忏回去被妈妈说。

　　她妈接着说:"你以后就别再打电话过来了,这手机号现在归我了。"

　　结束通话前还念叨了一句,疯疯癫癫的一点也不像话,不知是说给谁听的。我开始庆幸我的家庭环境了,与其天天在家里被管着,还不如轻松自由点好。可我特别怕她家长有一天会和别人家长一样不让裕忏忏和我玩了。

　　现在一直想的是,裕忏忏性格一点不像她妈啊! 或许我还会想一想,裕忏忏长大后会像她妈那样还会是贤妻良母型的呢。

　　正这样想,有人在后面挺使劲地拍了我一下,回过头去,是嬉皮笑脸的裕忏忏。我立马否了我刚才的第二种猜想。我冲她说:"你得学着温柔点了,你再不自重的话就该长江后浪推前浪了。"

　　裕忏忏说:"这叫近墨都黑嘛! "

　　回击得真好,你和我在一起的时间最长了对吧?

　　从这到游泳馆的路程是很长的,可我们都一致决定步行过去。青春的一派活力与激情在我们身上是一种最好的体现。

　　我问她:"忏忏,你的梦想是什么呀? "

　　裕忏忏眼里闪着好看的光芒,微笑着说:"流浪,像一条游离的鱼一样,从这里,到那里。走很多地方,自由自在的。"

　　你原来是文青呀? 我逗她说。在好学生眼里,流浪是解闷用的,可裕忏忏从来都是认真的。

　　在很久以前,我问过她同样的问题,她当初就是这么回答的。现在还是这样。正是因为这个，我们俩一见如故。我还知道为什么裕忏忏和我如此地好，可能我的生活就是她所渴望的吧。

我又问她："你是带着什么欲望去的呢？你一旦真的走了，不牵挂别人的吗？"我突然也随着她的认真而认真起来。

裕忏忏的表情严肃到可笑："习惯了就好了。我想在最开始的时候会想念很多人，可到最后就不会了，就像对我绝望的人不会再牵挂我一样。"

"绝望？"

"当然了，一个人消失了很久很久，远远超出了你想象的时间。你不会绝望吗？"

她的话让我莫名其妙地黯然神伤了。裕忏忏，被太多人忘却，像老鼠一样带着满身的自由东蹿西跳，当冬天来了，被冻死在街角是美丽的快感。这就是你想要的生活吗？

我对她说："忏忏，如果有一天你准备好去流浪了，我们一起走好吗？"

她说，好，一定一定的。我们是好朋友啊。

我还记着初一终了的时候，裕忏忏这样和我说："肖若儿，你等我五年，我陪你玩一辈子。"这句话让我备加感动，直到现在还记得如此真切呢。

忏忏这个小丫头，不得不叫人喜欢。我管她身上种种一系列如何不好呢。

"肖若儿，"忏忏叫我，我看她。她说，"你不觉得这是一个公主的名字吗？"

我想可能是吧，给我取名字的时候我家是一个很好的家，所以有人都希望我像公主一样幸福并美好着。我为这个有着阳光意义的名字而幸福地笑了。可这个期望随着太多人的遗失而消散，到现在没有人记得了。我也辜负了这个名字,逐渐地腐烂,腐烂。

莫名的忧愁笼罩了我的整个心灵,好久没有这种感觉了。裕忏忏很突然地拉起我的手狂奔,风被我们远远地甩在了后面,这种感觉像飞翔。我于是变被动为主动地飞快地奔跑起来,我看到行人惊异的目光。我们是多么有力啊,像这样跑过一条街又一条街,一条胡同又一条胡同。直到身上一点力气没有了,坐到地上大口喘气。感觉很可能在下一秒钟我就呼吸停止,又想了一想,要死的感觉是不是和这挺像呢。

歇了一段时间后,裕忏忏问我:"很爽对吧?"

"是挺爽的。"我说。

然后裕忏忏开始笑,那种笑是疯狂式的,叫人不得不担心。她的这种样子终于让我哭笑不得了。

她笑完后,使劲地拽我的辫子,说:"你装什么深沉啊,像老女人似的。"

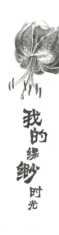

我逗她说:"我老了,不中用了,走这么一会儿路就累了啊。"

"我看你是未老先衰了。"

再往前看,游泳馆已经到了,我们奔跑的速度就是惊人。

水是昨天换的,很干净,一眼看去心情变好。正想整理整理思路吟一首诗的工夫,被裕忏忏那双充满罪恶的双手推进水里。

从水里探出头来我也只能干憋气,裕忏忏的游泳技术是修炼到一定程度的,厉害得让我不敢得罪她。小样!等出去后再找你算账。

我看到站在岸上的裕忏忏,那真是一个标准的少女身材啊!

等她跳下来后,我笑着对她说:"体形真是妩媚呀。"

要说她还真是缺心眼,傻瓜似的问,谁啊?在她问话的当儿我冲出多远了,她反应过来后就来追我。在水里算我吃亏,没一会儿就被她追上。她把我的头拼命按进水里,幸亏有准备没呛着我。要说裕忏忏在水里能玩死一个人那绝对不是夸张。

等她像拔萝卜一样把我的脑袋提出水面后,我依旧笑嘻嘻地冲她说,本来就是嘛!

这个如花似玉的年龄。我看到裕忏忏的身体像花朵一样盛开了。

裕忏忏表情似笑非笑,四下打量我一下后说:"你是太监转世还是什么呀?"然后顺手指了一个男的说:"你看他的胸都比你的大。"看我说不出来话后,她一下下地拍着我的肩说:"你呀,和我在一起就是小巫见大巫。你还是没发育的小女孩儿呢。"我就是含苞待放的花骨朵,幸亏我也没有着急成长,欣赏着它像一株碧绿的嫩芽。

这个时候,我也多不想糟蹋它,让它烂掉啊。

我想说,你不就是欺负我个儿没你高吗?可半天没憋出来,这是在水中,所以不计较了。

朝周围一看,美女真不少啊!但她们都少了一种裕忏忏身上才能找得到的气质,是什么呢?裕忏忏活泼,自由,别的女孩儿貌似都一个样子,一眼看透了。她是精灵。

我站在水里,看裕忏忏的泳姿。水里的她,真像一个美人鱼。或许我还可以用一种最形象的比喻,就像一个放在比较光滑的斜坡上的冬瓜,熟透了的,滚啊滚啊,越滚越快。不对,应该是西瓜,比较凉快好吃,或许会很荣幸地滚到我的脚下……这么想着,"冬瓜"或者"西瓜"还真的滚到我的身边来了,我微笑着给我刚才的想象打了一个满分。

裕忏忏的表情很幸福,满脸的水珠把她修饰得灵光水气的。她语气兴奋地对我说:"肖若儿,有人说我游得好呢!真的真的,好多人,我不小心都听到了。"

她平时总装大姐,其实还是一个渴望被宠爱的孩子。就这么容易就特别开心,如果她每天都会得到一个像这样的小小的满足感,那么她的性格一定会变好很多。

裕忏忏活跃了整个游泳场的气氛,每个人都会多看她几眼,末了还要说一句:"小丫头游得真漂亮啊。"好像此刻的游泳馆,都是裕忏忏一个人的天堂。她何尝不是一个公主呢——人鱼公主。

我也试着游了几下,可无论如何也游不快、游不美,像一只丑小鸭。

为什么裕忏忏在陆地、在水里都能够飞翔呢?上帝如此偏向。不过我为这偏向开心,欣赏地看着她游。她此刻多么开心啊!开心的时候不多,好好享受它。

我等她,等她游累的那一刻,风采够了的那一刻。她会拉着我的手,就这样拉着我的手,久久地,然后我就能够学会飞翔了吧?想着我就笑了。

终于盼望到她过来牵我的手,她说,走,若儿,我们回家。

冬天把这个北方的城市包裹得格处严实,风很大以至于所有人都低着头走路,无论多好看的人都不愿意把脸多露出一点。我喜欢这个猛烈却不算太冷的风,它把我披散着的长发吹得飞扬。

身边的裕忏忏,短发全被竖立着冻上,看起来又比我高了很多,像一个安全得可以依靠的高大男生。忏忏,我有多喜欢你啊。这句话让我在心里重复了几遍,却没说出来。她总是对这类词语特别感冒,所以我不说。

一路上裕忏忏都没吱声,看来是真的累了,说话的力气都没有了。她看到我乌龟一样把脖子往领子里缩,就把她的外衣脱下披在我的身上,体贴的可儿人。我也没拒绝,我是真的冷了。我长得很不成熟,走到哪里都让别人当妹妹呵护,但我真的是很不懂事,我甚至没有想一想,裕忏忏会不会冷。

我央求她说:"忏忏,你再带着我奔跑一次行吗?我喜欢。"

我太爱她了,我太依赖她了,我要让她在风的领域中成为高高在上的女皇,我要让所有的风响都成为她的奴隶。她是裕忏忏,我最好的朋友。她说她会一直和我在一起,我们去流浪。

她没有忘记把我送到我家楼下,我却忘记和她说声拜拜了。到家后想发给她一条短信,一想起她妈还是算了。

奶奶一直在追问我:"你不高兴吗?"

想摆脱,所以我编了句让她高兴的话:"没有,我想肖锐果了。"

自从那个男人和我妈离婚后,我再也没叫过他爸了,有相当长的一段时间,"肖锐果"这个名字我都忘却了。

奶奶比我想象中的还要高兴得多,她用商量的口吻对我说:"那我带你去看看他,你爸爸会高兴的。"

我说:"今天不行,以后再说,我现在很累。我和你一起去。"

她表情有些失望,可还是轻轻地退出去了。

今天又是星期日了吧?我的作业还没有写。难得的好时光都被我虚度了。明天又面对田老那张扭曲的大脸,唉!

早上到校后我狂抄作业,田老让早自习收,我还一项都没有搞定呢。

幸亏英语作业是裕忏忏收的,这个小迷糊好不容易混个七品芝麻官可从来不干活,我给她一个手势她一笑就走了。我有多感谢英语老师喜欢裕忏忏的迷糊劲一直没让她下岗,否则我早没戏了。在心中暗暗发誓,以后一定"改邪归正"再也不冒这个风险了。

外面,是冰封漫雪的苍寒。倚在树上裕忏忏就问我,肖若儿,这辈子你就准备这么下去呀。自己放纵自己,四处不服,碰壁还让自己难过。

这句话带来的痛感和怅然在我体内共振许久。心想,你怎么终于也这么挖苦起我来了呢。我突然怒视她说:"你这是什么意思?"本性难移,我经常就这样把话题僵住。

裕忏忏嘴角往上扬,表情相当不自然地说:"只是,为你以后的生活,担心点罢了。你别总像个刺猬似的扎人好不好?"

今天的她有点蹊跷了,平时她是想方设法避免这种话题让我不去生气的。我的心温柔下来了,滴着水。

她突然在背后抱住了我,说:"若儿,我们什么都不去说了,跑起来好吗?"然后我们直到大汗淋漓才停止。直到现在我都不明白当初我们为什么用这种方式来惩罚自己。

　　可能是我们都太迷恋那种缺氧的感觉,那种像要致死的感觉吧?或者就像河流一样,速度快一些就会忘却一些不想去在乎的支流,一心一意地去爱着我们的运河吧?

　　就像我们之间的友谊。

　　不管以后会发生什么。但是我相信它。

五 生死两茫茫

十年生死两茫茫。不思量,自难忘。

千里孤坟,无处话凄凉。纵使相逢应不识,尘满面,鬓如霜。

夜来幽梦忽还乡。小轩窗,正梳妆。相顾无言,唯有泪千行。

料得年年肠断处,明月夜,短松冈。

——苏轼《江城子》

后来我开始特别特别喜欢这首词。这是我和奶奶都很喜欢的词。

你还记得晴朗的蓝色天空下,有腊月的凛风,有薄云笼罩的懒阳,有飘飞的柔雪。我们一起依偎着走路规避寒冷的日子吗?今天我又来了,一个人,很冷,很孤独。没有人再挡在我的旁边了。可我怕你孤独的魂魄还在四处飘荡,我更怕你找不到归来之路,于是我踏雪而来。

我的身后,留下了一串串清晰可见、深浅不一的脚印,同样孤独的脚印。这是最简单的方式了,小脚丫长成了大脚丫,在一个春天到来的时候,我来看望您了。我常常想起那个凌晨,那是我记忆中的一个终结,是思绪里的一个永恒的慢镜。那些曾经充满着爱和温暖的却没被我珍惜着的点滴片断,我把它们记录下来,收藏起来。你永远地去了,如烟的往昔岁月,你的生命在瞬间中猝然枯萎,留给我的是你生命终止时那挣扎过后的眼神和渐渐没有了温度的双手……

奶奶,你知道我那言不由衷的思念吗?

把这几段文字记在我的日记里后,我在后面写了几个字"写给奶奶",泪水又没出息地滴下来,在日记本上蒙眬一片。肖锐果在客室里不停地抽烟,呛得我直咳嗽。太难过了,简直太难过了。

我恨他,几年来我一直恨他。我才知道,在内心里我一直深爱着奶奶的,可是我明白得太晚了。总是追忆奶奶对我的好,然后泪流满面。

那段时间,奶奶总是喜欢躺在床上,拉着我的手讲我小时候的故事,我爸小时候的故事。都说,人一旦太苍老就愿意讲过去的事,我逐渐由不耐烦转化成担心。

我听她在夜晚喊我"肖若儿,肖若儿",一边喊一边会特神经地哭起来,然后坐起来大口喘气。好几次都让我担心她在下一秒钟会窒息,每每我早晨上学的时候,她也不再做饭给我,睡得很安稳像死亡一样安静。

她也渐渐不再说那些让我感到无比治愈的话了。

那时,我中午开始不回家了,因为她有时昏睡到中午。我看着她难过。

我在学校外的一家小吃店游离,她说她歇一会儿就会好了,这让我有空前的满足感,放学回家,她依旧很疲惫地冲我笑。人待久了,最是要歇着来治愈灵魂的。她脸上的皱纹太多了,以至于让我看不到她眼里是光彩还是空洞。

后来她开始晚饭也不准备,直到有一天为此我与她大发雷霆,我那时的气势跟训儿子似的,她依旧笑着说:"若儿,你该会照顾自己了。"她渐渐省略更多更多的原本属于她自己应做的事。每次她都会笑着面对我的脾气,这让我无奈地厌倦。

我不知道我怎么了。

明明她是那么脆弱和缺爱的时刻。

一张难得让我发现的病历揭开这一切的费解，很严重的病，胃癌晚期。那时奶奶正在睡觉，我走过去，抓住她的手好一会儿，她才醒过来。她看我红肿的眼睛说："我没事，人老了总要生病的，这也不是稀罕事了。"

"奶，你去医院吧。就算为了我，好不好？"我第一次用商量的语气和她说话。我不由分说叫来车。她其实很久前就知道自己的病，却不肯住院治疗。若不是姑姑告诉我，我也永远不知道，醒着的时候，她有多疼。

那天我没去上学，一直守在她的身边。此时此刻我是她最需要的人，我知道。

奶奶年轻的时候是漂亮且成功的女性。有一个很爱她的丈夫，两个人在一起创造了一幢"面朝大海，春暖花开"的房子。有着两个女儿一个儿子，那是个幸福得让人嫉妒的家庭。

听起来像是个完美的故事。

她的丈夫，我的爷爷，在很年轻的时候就死去了，就这样，她还是坚强地一个人养着这个支离破碎的家。对，我们都有一个支离破碎的家，她毫无缘由地宠着我，我做什么都对。

上天如此不公平，让岁月把她的骄傲与斗志摧残成这般模样。住院的时候，姑姑也是常来的，她只是给奶奶炖汤做饭，却和她一句话也不说。姑姑有时会抚摸着我的头，一下又一下，她说："肖若儿，你奶奶把所有的希望都寄托在你身上，你却如此辜负她。你要好好的啊。"

她是不食人间烟火的雅人，她最后竟然落魄了，竟然这么狼狈，故事的结局好难过。

这句话让我心碎，我何尝不想让自己变得好一点，可你们谁又是真正地在乎过我呢，我想要一把手，把我拉出那个我控制不了的旋涡啊。

奶奶有时会问我："若儿，你爸什么时候从局子里出来？"

她还是爱着一切她应该爱的人，即使他让她的心是何等程度的痛过。"若儿，如果你爸出来了，叫我看看他。"

这可能是她临终前的最后一个心愿了吧，然而，就这样一个心愿也没有达到，疾病的折磨太残酷，也只有死亡才是最好的解脱。奶奶坚强地奋斗一辈子，无奈地痛心一辈子，她太累了。她死之前我就在她的跟前，她紧紧握住我的手，握出汗来。

我知道她定然很痛很痛，但我也只有用我的眼神去安慰她，她艰难地憋出一句话："若儿，你是个好姑娘啊。"我忍住没让我的泪掉下。

直到那握住我的手无力下去，我泪如雨下。奶奶她可能太愤恨这个世界也太留恋这个世界，死的时候也倔强地把眼睛睁着。

我看窗外，是黑的，夜太漫长，太阳什么时候才能升起来。我手颤抖着拨通姑姑的电话，她接通后，我什么话也说不下去。她用轻柔的语气问我："若儿，怎么了？"

她的头发乱七八糟，显然是没梳，然后像连续剧里那些女人一样跑到奶奶的跟前狠狠地哭，好像都快把心肝肺哭出来了似的。并声嘶力竭地叫着："妈，妈……"

奶奶出殡时只有我和姑姑一家，姑姑给奶奶穿上了粉色的连衣裙，那是她和爷爷结婚时穿的。她把奶奶打扮得看上去很幸福。火化的时候，姑姑又情不自禁地哭了。

奶奶给我留下很多钱，房子也给了我。姑姑说："她不肯去医院，是怕把这一笔钱花了，留不下什么给你。她希望你好好完成学业，安安稳稳地过日子。"

姑姑要把我带她家去，我不肯，我说在原来的房子待习惯了。于是她只好暂时住在这个房子里，陪我一阵。这里依然有熟悉的味道，奶奶身上那种似乎清香的味道。

她其实一直没有离开我，一直都在。

她死后的一个月,肖锐果从局子出来的日子,按照奶奶的嘱托,我去接他。此时的肖锐果用"青面獠牙"形容绝对最好不过。唉!这么丑陋的人,怎么是我爸呢?

我去时,他都没正眼看我,出来后走得很快,存心把我甩掉。这样更好,我正不愿意和他在一起走呢。

到了家门口,肖锐果看我悠哉地在后头走,于是就喊:"快点走。"

我拿眼睛横他:"你能耐什么?满大街的谁都瞧不起你,你也就能和我装老子。"

一个巴掌扇来,挨在我的脸上火辣辣地疼。纳闷他怎么能下去手。人斗志没了,好的脾气和耐心也一起没有了。我能理解他。

把门打开后,他大摇大摆地往床上躺。并问:"老太太哪去了?"冲着房顶说也不知道问谁呢。

我说:"一个月前,她老离开人世了。"

肖锐果竟然很平静,甚至脸上浮出一丝笑意。那种笑简直让我心寒。只听他一字一句地说:"终于死了,现在,她的一切都归我了。"表情淡淡的。我气愤地说:"爸!奶奶临终前一直在念叨着你……"他冷笑说:"出息啊你兔崽子,敢训你老子了。"那种凶恶的表情让我不敢再看第二眼。

每天晚上,肖锐果都招呼一堆他的狐朋狗友们稀里哗啦打麻将。我用被子将头捂住。任凭眼泪把枕头打湿,我才知道,那一切是多么令人怀念。

有时,美梦刚做一半,肖锐果那冰凉的手拽着我的脖子一直摇醒我。然后塞给我一张票子对我说,买三瓶啤酒来,快点。

我怎么敢不去呢?我怕挨打,更怕挨他的打。我亲爱的警察叔叔啊,你为什么不多关他几年呢?这时候我又想去上学了,多难得的想法啊!上学的时候,最起码我能欢笑,能一堂课又一堂课地和同桌一起看悬疑小说。

真是受不了肖锐果的虐待。我简直要离家出走了。

于是我常常去长眠于地下的奶奶那里。坐很远的车到郊区，第二天带着黑眼圈上学去，我爸也从来不找我。我唱歌给她听，一首又一首，我想这样她应该不会寂寞了吧？我还会对着她狠狠地骂肖锐果，不知她可听见。

在这种悲痛中，又一个春节来到了。肖锐果在前一天的晚上走了，应该不会回来了。更悲哀的是，由于电费太久没交被停了，当夜幕降临，楼下的鞭炮声响起，我带上家门出去。

离我家不算很远的小花园里，被彩灯装饰得像个世外桃源。我想，这个城市里，像这样美丽的景色我错过多少了？

本来准备给很多人发祝福的，可手机在那天晚上丢了。我不知这是否是上帝的惩罚，我摸出兜里仅剩下的一块钱，给我姑打电话准备去那儿过年，半天没人接，给我妈打结果也是如此。

家里的钥匙忘带了。真倒霉。

街上一片欢声笑语，我顺着街一直走。此刻，我是这城市里最失意的人。

我什么都没有，感到快像老鼠一样，马上就冻死街头了。灵魂四处游荡，身体只是我借来的。

脑海里一片空白，只有苏轼的《江城子》。于是，我用故作轻柔的声音念给她听："夜来幽梦忽还乡。小轩窗，正梳妆。相顾无言，唯有泪千行。料得年年肠断处，明月夜，短松冈。"

念完，我一个人孤零零地跪在那里，狠狠地哭了。再没有一双手让我取暖，再没有一个怀抱容我哭泣。奶奶，你在那边过得好吗？

很好吧，一定很好吧？

我是真想你了。虽然活着的时候，我从来没和你说……

六　一切的你都是你

　　大年夜,我不知归宿。我就这样亲自上演了一个现代版的《卖火柴的小女孩》。又下雪了,下得真大。这可能是冬天里最后的一场雪了吧?又回想起,在那个雪季,是谁在雪地上写下我的名字,是谁说过,谁的家,随时欢迎我。是谁,在夜幕里把我拥抱得那么紧。谁又是谁,总是对我笑总是用不易觉察的方式爱着我。唉,这是不是爱? 又是哪一种爱呢?

　　内心里,我竟然是那么地想念着路诚,想和他一起过年。

　　有时候,觉得从陌生人到这种依恋的感情多么难得,要好好珍惜它。它真的不像是大人们说的那样的。

　　鞭炮奏出音符,我踏着这活泼的节奏向前跑了,像小鹿一样欢快。远远地,我就看到路诚一手捂着耳朵,一手伸着去点一个烟花,那样子极为搞笑。天空中变换出五颜六色,我看路诚的脸像打上了马赛克似的,透露出一种"蒙眬美"。

　　他仰望着天,眼神略带忧伤。

　　"路诚。"轻唤这个温存残留的名字。

　　他转过头看我,指了指天,什么都没说。他早已换上新衣,看上去风流倜傥,气宇轩昂的,真像一个王子啊。

还围着一条围巾。

让我想起了小时候有一个童话《小王子》里面的插图。

我站到离他很近的地方,和他一起仰望。我好像闻到紫荆和木棉的清香了呢,是路诚身上的味道吗?

"肖若儿,和我一起放烟火吗?"

我迟疑着摇头。路诚却迷人地乐了:"你现在的样子,像仔仔猪。"

听到这话我也乐了,并坏坏地对他说:"我和你也挺像的啊!"

星空灿烂,在城市的夜空真是难得。明天,定然是个艳阳天。漫天飞雪早已经在不知不觉中停了,皎洁的月光格外好看。

我看烟花升腾,绽放,好像是从路诚手心里开出的。看着看着我就醉了,眼里一片五彩斑斓。路诚把打火机递到我的手里,示意我去点下一个烟花。我寻思半天应该怎么去点,离挺远的伸长胳膊去点半天也没着。我连声说见笑了见笑了,可是手怎么发抖了呢。心里骂着自己真是没出息。

我这是头一次放烟火啊!

开心。无比的开心。

路诚于是握住了我的手,很稳地点燃,他的手,依旧那么暖。然后有一个男人走了下来,路诚很轻地叫了声爸,然后又指着我,介绍说我是他同学。那是个高大的男人,有着孤傲的气质和路诚一样。男人说:"姑娘,快回家吧,家人惦记着呢。"他旁边,路诚的眉毛绞到了一起。

我说,叔叔我正要走呢。

家里依然没人,我到邻居家给肖锐果打电话,说我忘带钥匙了。沉默许久,他说,好,闺女,我这就回家。

邻居的新婚夫妇对我很好,让我吃各种各样的糖。吃着我就落泪了,弄得小两口不知所措。其实我就在想,曾几何时肖锐果能如此温柔地和我说话。

我说："打扰了,我爸马上就回来了。"临走时,他们塞给我满满一兜的糖果。

肖锐果看到我之后挤出一个疲倦的笑容,他抚摸了我的头,把门打开。进屋后他说,闺女饿了吧,我给你做饭啊。

这顿年夜饭很简便,米饭加一盘粗细不一的土豆丝。肖锐果在一旁看着我吃,并说着,肖若儿大了会照顾自己了吧?他还笑着跟我讲一些我小时淘气的事。

吓了我一跳。真的吓了我一跳。我都没敢动筷子,愣了好半天。他好几年没见我,从局子里出来都没有搭理我,竟然主动和我说话了,还给我做吃的。

我抬起头问:"你今天为什么对我这么好?"

沉默许久,他一字一句地说:"我杀人了。"我惊诧我如此安静,甚至眼睛都没睁大。我和肖锐果的关系一直都很木讷,他也从来没有爱过我,他就是断气了也不关我的事。我恨他,几年来我一直恨他。我在想,如果他真能够消失在我的生活里,那太好了。

可是可是……到底有多大的恨,能想让那个鲜活的生命终止呢。他的故事,我真是一点都不知道啊。

我还是一个小姑娘,有些东西真的搞不懂。可是触摸到的,冰冷残酷的一面让我感到有点害怕了。

有一天我长大了,我会是什么样的人?过着一种什么样子的生活呢?

肖锐果使劲地握住我的手:"我不能在这儿多待了,如果再能有一次机会,我一定好好养你,让你幸福。"他顿了一下又说:"若儿,我把这幢房子给你,连着房子里的东西一起给你。你能不能借我点钱。奶奶留给你的。"

我冷笑,最后一句话才是他真正的主旨吧!他可知道,奶奶的遗嘱里早就把房子分给我了。我没有一点迟疑地把我奶给我的钱全给了他，一张卡，把密码告诉他了，心里想着你的血肉就算是还给你了，你的事真和我无关了。

哇哈哈……记得小时候看过的动画片里有一个镜头就是哪吒拿着一把刀说我把血肉还给你了，如今现代版的我是拿着存折说我的血肉还给你了。

太狗血了。

我竟然活成神话了。哇哈哈。

他接过存折就推门走了。我在心里骂他这辈子混的啊，我没有哭，一是因为这是大年夜，二是因为哭累了。

我打电话给忏忏，说比花美的姑娘啊我想你了，你可一定要幸福啊，你幸福我就安心了。好半天那边才说话，肖若儿你这话假到一定程度了，你今天是吃错药了还是被下毒了呀？

我是吓的。挂了电话我流了一身冷汗。

就在和她瞎扯的时候有人敲门，是我妈。我知道终归肖锐果是惦记着我，让我妈接我来了。她没说话我也没说话，她把我搂住，那怀抱很温暖但方式让我喘不过气来。

她说："孩子真是苦了你了，和我回家吧。"

我没有任何犹豫。是啊无论是什么样的人，都希望被温暖包围着，一如现在的我。

我迟疑了下伸出了手，渴望到一个温暖幸福的地方去。

我还没有长大。我才十四岁。

我妈妈的家很漂亮，装饰得很奢华。那个小男孩儿正趴在地上看电视，甜甜地叫我姐姐。今天我才知道，那个小男孩儿的名字叫段望铉，被大人唤作"望望"。我开始喜欢上了他，不管他以后什么样，起码现在他还小，还很纯真，那种纯真令人备加珍惜。这才有点像家啊。

孩子是没有错的,他什么都不知道。

妈妈叫我吃饭我说我不饿,望望说他也如此。我陪着他看电视,讲故事给他。不知不觉就睡了,我真的累了。因为知道不再会被别人从梦魇里叫醒,所以睡得很安稳。

再醒来是早晨了,我想我应该把昨天那乱七八糟事全忘了吧?听到望望用嫩嫩的小声叫"妈,妈",脑袋开始剧烈地疼,才知道我欲忘却的却怎么也忘却不了。

那个五大三粗的男人假惺惺地朝我笑,想吐,他递给我一个苹果,然后我也挤出一个笑给他。看着那个苹果,还是想吐。

我以后真要永远永远地在这待下去了吗?我这样想。

这的生活远比我和肖锐果的窝好,但我是多余的。我现在,在这里算是什么角色啊?

接连不断的饭局是过年的必不可少的环节,例行公事一样,每年都要发生,这就是礼节。但我总是找理由待在家里。一安静下来脑子里就有肖锐果的影子,挥之不去。所以我拼命找事做,好怕自己闲下来。于是我开始写一些琐碎的故事,有我自己的,还有别人的。写着写着眼泪蒙眬视线,泪眼里,那文字破碎的线条,构成游离在大海里的鱼,亦美亦幻。

有钥匙转动的声音,我知道有人回来了,怕他们看见我情不自禁的泪,于是用被子蒙住头假装睡着了。亲妈就是亲妈,怕我冻着总会再给我加上一层被子,望望则在大人走出去之后,用小手摸我的脸,一下又一下。

这种轻柔的抚摸让我的眼泪又流了出来,望望说:"姐姐谁欺负你了?"我冲着他笑,说没事,我很好。他就把胖乎乎的小手放在我的脖子上说,等我长大了,不许任何人欺负你的。

我想说你最好永远不要长大。可说出来的话是,那太好了,我和望望永远是最幸福的一家哦。

　　以前的全都过去,现在迎接我的是崭新的生活了,我知道,有一条很近的绳索牵连着我和望望,是血缘吗?

　　后来姑姑带我去看了一次肖锐果,他被判了死刑缓期,我就知道,他始终逃脱不了法律的天罗地网。

　　看他的时候,他隔着那似囚笼的栏杆对我说:"若儿,想着你,睡不着;脑里、眼里、心里、梦里、魂里,一切的你,都是你。"

　　这一定是文艺的奶奶遗传给他的基因。平时从来没被表达,于是这一次变得无比珍贵。我觉得这个幸运的基因到我这里仍然存在一些。

　　生命啊。多么动人的东西。

　　那次我歇斯底里地叫着爸,同时感慨,老天爷真的很会玩人的这辈子。

我的绿纱时光

七　被花海淹没

　　终于告别了这个寒假,走向新的学期,第一天我去得很早,因为有了一个新的义务——送望望去幼儿园。我是姐姐了,一个新鲜的姐姐。

　　我想告别我屈辱逃避的过去重新开始了。作为一个小孩子的新榜样和他一起加油。田老去得也挺早,不过他今天的脑型挺好看。心情真的是很重要的东西。还跟我说什么你得好好学,你本身挺有潜力的,说得我胃都开始不舒服。

　　人都陆陆续续到了,可路诚的座位一直空着。"路诚病假",老师喊道,那喊声挺大的,可同学们原来干什么的还在干什么,只有我猛然一抬头。

　　3 月 1 日路诚病假;3 月 2 日路诚病假;3 月 3 日路诚病假……

　　他究竟是怎么了?

　　放学回到家后,很闷地往嘴里扒着饭,望望兴致很高地和我说话,我却爱理不理。我妈问我:"若儿,你不高兴?"我说:"我有个同学病了,我想去看看他。"我妈说:"用你叔叔送你吗?"我说不用不用,我会速去速回的。我是一路跑去的,生怕错过了什么似的。我想路诚,他对于我来说,太重要了。

　　敲过他家的门,一个男人开的。那是路诚爸爸,我见过的。我说,我是路诚的同学，来看看他的。

很久他才说，出了点意外，路诚他，看不见了。他露出了忧伤难过的表情。"请暂时对同学们保密好吗？我担心他也有心理压力啊。"

无法相信这似乎儿戏的话，好好的怎么突然就看不见了？可男人一直在叹气，才感觉到问题的严重性了。

因为太在乎，所以我感觉全身像要软下去："叔叔，求求你一定要让我看看他好不好？"男人点头，领着我大步流星地向外走。我在后头屁颠地一路跟着。

那是市里最大的一家医院，来到这里我发抖了，要知道这是我奶奶离开我的地方啊。到了一个病房的门口他告诉我到了，这是一路上他说的唯一的话了。

病房是单间的，很干净。进去的时候，路诚在吃饭，他妈妈在一旁拿着饭盒一勺勺地喂着他，吊瓶里闪着气泡。他真的看不见了吗？我还是抱有这样的疑问。因为他的眼睛，还像原来一样，那般好看。我走近他喊："路诚。"我多希望他还像以前，视线与我交错后然后微笑。可那微笑依旧，空洞的眼神着实让人心疼。

"肖若儿对吧？"那口气很轻松。

路妈妈把饭盒放一边后，去找他爸爸说什么去了。路诚说："肖若儿你应该挺能说的，说点什么给我吧。我郁闷极了。"他还是浅浅地笑着。

我学着他妈妈的样子，端起勺子喂他吃饭，他就真的听话地张开嘴了。我一直在看他的眼睛，那是一双多水灵的眼，不需要任何美化的，他的爸爸、妈妈一起坐在门口，注视着我们。

我始终没敢问起他眼睛是怎么看不见的，我的心脏不太好，我喜欢他，我都受不了。我知道他伤心，还不知道怎么安慰他。吊瓶里的气泡闪着亮光的，一下一下。

他还是在说，你怎么不和我说话呢。

一个人被忧伤塞满了,就什么都说不出来了。路诚啊,几个人能够有你那种强悍的乐观。你那充满神力的眼,何时才能够给我方向? 你怎么看不见了啊?

我给他一个耳语:"你是我的亲爱,我喜欢的人,你一定要坚强。"他沉默了,有冰凉的东西从他眼里滚落。艰难的,一滴、两滴。

我没能陪他多久,因为太晚了。我跟叔叔阿姨说,我每天都要来看他。他们开始说这好像不太好,可在我的央求下终于同意了。他们谈话中我知道,他们是做生意的,几天后就去慧城。

我心颤了一下。我们家原来也是做生意的啊。

走时路诚对我说肖若儿拜拜,我突然很想哭。因为我听成了若儿。

回到家里妈妈说,若儿你不开心吗? 我怎么能够开心,我的路诚,我那落拓不羁的少年,他看不见了。他那么坚强,还是笑着的,看着都心疼。

我说:"妈,我喜欢的一个男生,他失明了,我以后常去看他行吗? "

妈憋出一个笑容给我:"肖若儿喜欢的人,一定很优秀吧。"

说完她掏出钱塞进我的手,说明天买一些花去吧,他定会很喜欢的。你叔叔和我都喜欢花。

我喜欢我妈,在这个时候,在我这样对自己说时,肖锐果的身影在我脑海里闪现,我想我不久就会忘记他的。我只期待一个完整的家啊!

那个夜晚,整个梦里全是路诚。梦里他和我一起奔跑在漫山遍野花丛中。他的眼睛清纯明澈,并闪现出粼粼的信任,那么美丽的眼睛。

惊醒后才发觉梦见的也许不是路诚,他的眼里已经遗失光彩了。

再醒来天已经亮了,望望在床边亲吻我的脸蛋,看我睁眼后咯咯乐着说:"白马王子就是这么亲吻白雪公主的吧。"

我拍拍他的脑袋说:"孩子你还不是白马王子,你只是个小矮人。"

"那,等我是王子那一天,若儿姐姐做我的公主好吗? "

我推开他说我上学迟到了,他挺郑重地说:"你不答应我就哭了,我真的要哭啦。"

受不了望望那惊天动地的哭声，所以我说，好好，我答应了行吧。那位马上就乐了。我推开他说："你出去吧，我要穿衣服了。"

他还问着："为什么？"我笑着吼道："因为你是男孩儿呀，男女授受不亲你不知道吗？"

这个早上，望望噘着小嘴去幼儿园的。他真可爱。

到教室裕忏忏"虎妞、虎妞"地叫我，我没搭理她。她大大咧咧拍着我说，你的路诚不就请几天病假吗，你至于急成这样嘛。我也根本没空和她解释我的心情有多糟糕，有多担心他。

这一天在迷迷糊糊的幻觉中混过去了，几次被点名站起来回答问题都傻傻地站在那里，放学铃一响便飞奔出教室。我去花店闻着每朵花的味道，按我妈说的，不送最美的但送最香的。服务员阿姨待我很是热情。

顾客是上帝，名副其实。

我选中了爱丽丝、风信子和天堂鸟，并知道那分别代表浪漫、恒心和自由，这正是我所祈祝路诚的。去医院的路上，才发现满树的桃花、梨花都开了，春天就这么来了。匆匆忙忙地来了。

到那里的时候，路诚睡得正香。几个女的在旁边坐着，估计是路诚的七大姑八大姨之类的。我问她们路诚的眼睛是怎么看不见的，她们说因为眼睛近视度数太大剧烈运动导致视网膜脱落。我只是把花束放在路诚身边，便坐下来。此刻安静得只能听见窗台上闹钟走动的声音以及吊瓶里的液泡"叭"的一声响。

路诚，送你花束，送你最真挚的祝福。

路诚，等你好起来，我要和你一路上学。

路诚，想在篮球赛上，使劲为你加油。

所以，所以你快点快点好起来吧。

他醒来的第一句是"好香"。一个女的便走过来对他说："你同学看你来了。"

他说："那太好了,你们可以走了。"

这句话如同圣旨,那帮人都退出去了,推开门头都没回。然后他笑着对我说："你看我够威风吧,病了都有这么多保镖。"

他还明知故问地说了句："你是肖若儿吧?"

想和他说太多的话,因为想说太多所以此刻一句都说不出了。

"给我唱首歌吧。"他说。于是我给他唱《依然在一起》,他听得很认真。我唱完后他还要评价说真是好听。他又说："这瓶滴完后,陪我下去待会儿好吗?"

坐在他的旁边,和他距离很近。一个护士来拔针的时候,狠狠地瞪我一下。又听到门外的一个护士说："现在的孩子,唉。"

夕阳无限美丽,烧红了半边天空景色太美,美到没有风景。我张开双手去拥抱他,那时就好像一切忧伤全都不在。这时,我看到一个身影,是望望,他正往这边走,看到这一幕后再没往前。我松开路诚,走到望望身边问："你为什么不回家?"

望望说："家里没人,我听人昨天说你来这个地方看人,我就来找你。"

我冲他发火道："你虎啊,家没人你没带钥匙啊。"

他委屈得哭了："我半天才打听到这儿的,都等你挺长时间了。"才发觉我也挺虎的,以他的个儿头门都开不开的,我抚了一下他的头说："好了别哭了姐姐给你糖吃。"

望望揉了揉眼睛,听话地说："姐姐,我们回家,家里有糖的。"

我告诉望望,让他在门门等一会儿,把路诚送回去后就带他回家。

路诚的病房越加清香,让人心旷神怡。路诚说过,南方有一种很香的花,叫作木棉。待到看透每一处风景后,我们要一起去看的,这是我们唯一的约定。

要离开时,路诚喊我的名字。回头看,他迟疑一下说,肖若儿你不必太担心我,手术后一切都会好的。

是的,一切的一切都会好的,只要生活无忧无虑,快快乐乐的,那就无怨无悔。医院门口,望望没在那里。突然特别心急,如果望望出事该如何是好。他一个人坐在马路边,有着同龄孩子少有的安静与忧郁。也同时感觉到,"姐姐"这个称呼分量究竟有多重。

我摸他的脑袋,说走了,姐姐带你回家。他撒娇着让我抱他,于是我将他高高举起。他伸着小手在树上摘下一朵桃花别在我的辫子上,说我像公主。

他问我:"姐姐,我们怎么样才能永远在一起。"

"傻瓜我们是一家人。"

"可是一家人就没有别离了吗?"

"对啊,我们一家人永远幸福快乐。"

"那你说话算数,不要离开我。"

我不知望望是在什么情况下成长起来的,但看得出来他定是受过很多伤。我们的家庭是后组合起来的,脆弱无比,不一定哪一天就会破碎。一个家来之不易,我失去过,所以备加珍惜。"姐姐,我新学了一首儿歌,唱给你听好吗?"

"一座房,两座房,高高的树,白白墙。宽宽的大门,大大的窗,房前花果香,屋后树成行……"

我逗他说:"党和人民对你抱有很高的期望,你一定要好好学习,天天向上,做毛主席的好孩子。"

好孩子? 我就没做到……

"我要把这儿的每座房子买都下来,变成我们的家。"

晚上,梦里依旧是路诚,他在花海里悠游,唱着好听的歌,再醒过来,却想不起来他的脸了。

路诚,梦很远,你的歌很远。

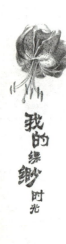

八　望望的妈妈　落忆的无奈

随着病房里鲜花越来越多,路诚的笑容也越来越多,他乐观地说。这是一个解脱,对于有太多压力的他住院是一种解脱,阿门,可怜的人。望望也总愿往这里跑,并很快和路诚混熟。

他的七大姑八大姨不常来了,于是在路诚打完针的时候,望望就和他闹。路诚说望望是快乐着的小鬼,他也曾说过,他最怕的就是安静,因为一安静就容易想太多,一想太多就容易神经质。

这一天,对面的病房找上门来,嘴里骂骂咧咧地说我们太吵,看到他的第一眼就已愣住。落忆,没错,是他。即使头发已染回黑色,也掩饰不住他全身上下的败类相。

估计他也看到了我,挺不自然地笑了下。那场面用"尴尬"形容绝对恰当。他没再找麻烦,推上门后走了。

只感觉到纳闷,落忆那人全身上下啥都不少,来医院干什么?猛然又开悟,可真笨哪,是来医院看人来了。

望望在一旁独自喃喃道:"我认识那人。"他又跟我说,姐姐,我出去下好吗。

我没有阻止他,有他在真的挺闹心,我知道路诚的病需要安静。我没有多想望望出去要干什么。

路诚表情微微笑,带着温柔的调调说:"木棉花,开放的季节到了。"听到这句话我稍有忧伤,是啊,待到木棉花都开好了的时候,路诚手术的日子也快到了。我生在北方的城市,从来没看过木棉的,好想看到它。

我们都觉得那是个有性格的树。花与叶永不相见。

我好想看看它,我无法用语言形容我幻想中的木棉花究竟有多美好,但我相信,木棉花要比我想象中的美丽得多。

就在这时,便听到门外望望的尖叫:"你放开我,你放开我。"

我赶出去时,落忆正拉住望望胳膊,像老鹰捉小鸡一样。我拉过处于挣扎状态的望望,并问落忆,你怎么欺负小孩。我是真的很生气,我最讨厌以大欺小了。学校里老师收拾学习不好的孩子就是这样。

落忆表情特无辜地说:"你小弟闯我妈病房,我妈她病很重,在氧气罩下才能呼吸,万一出什么事你兜得起吗?"望望扭动着身子还想挣脱,我紧紧拽住他。他低声说,我要去厕所。我条件反射似的把手松开,看到望望跑远的背影,"快回来啊!"咽在嘴里没说出来。

回去后,路诚问我出了什么事。然后他若有所思说:"望望能和那女的有点什么关系呢?"

那女的能不能是望望的妈妈呢? 这个念头一闪而过。

一个脸上涂着很厚一层粉的女的进来,手拿着路诚今天需要的第二瓶吊瓶,路诚的手上,针眼一个又一个,那应该是什么的见证吧?

他问我:"丫头,在学校混得怎么样?"我回答说:"别提了,都快被口水淹了。"

于是我给他讲,女生们关于他的话题是多么频繁,就像垃圾随处可以捡到。他听着便长长叹口气,不知为什么。

随后是相当长一段时间沉默。沉默过后路诚说,去看看望望吧,他怎么还没回来。

隔着玻璃看对面屋里，没有望望，我便一路狂奔到二楼，厕所里也没有望望，一个正向里走的男的像看猴子一样看我。我说声对不起便跑出去了。

望望在哪里？一首儿歌一直在脑里回荡："一座房，两座房，高高的树，白白的墙，宽宽的门，大大的窗……"

医院的后院里，我看到望望和落忆站在一起，他们在说话。我藏在树后，争取能听到些什么。

"求你，让我和我妈说几句话吧。"

"小鬼，再跟你说一句，她和你一点关系都没有。"

我看到望望很无助地哭了，两肩一下下地抽动，让人不由自主地心疼。站在一旁的落忆，面无表情。

望望，一直以为你是最快乐的孩子，这个想法一直在脑海里没有动摇过。你的一笑，就如同阳光下盛开的灿烂樱花，笑容在我的记忆里定格成最最奢华。还记得我常读给你听的《小王子》吗？你就是那个单纯而善良的小王子，我坚信。

我走了过去，此刻真是有想和落忆好好地打一架的欲望，望望最先看到我，轻轻地唤了我一声姐姐。那简单而有力的话语，都快把我的心敲碎了。我伸手把望望抱起，任凭他的头紧紧靠在我的肩上。

望望，你现在感到安全和温暖了吗？若你觉得到，便是一切安好。在我身边，谁都不能欺负你。

落忆动了动嘴唇跟我说："肖若儿，我有话跟你说，我知道你现在不想和我说话。但我必须要和你说。"

我犹豫一下，然后对望望说："你去找你路诚哥哥去好吗？"

望望抬起头来，很认真地看了我一下，然后听话地点点头。

落忆看着我，眼圈竟然有些发红。

我最怕的，就是人生的百变花样。时间的流逝，可能会让一个很坚强的人变得脆弱不堪。肖若儿，我只想和你说，我的家庭和望望家庭的无可奈何。每个人心里都有一丝人性本质的柔情与良知，而造成盛大的悲伤，只源于当初的很小的一个错误。

嗯，我现在的妈妈和你现在的爸爸也许可以说得上是没有真正相爱过。很年轻的时候，我妈妈在部队里，文弱的身体经不住严酷的折磨，与你爸爸结婚的目的，只想通过你爷爷的关系把她调离部队。

几年来，双方没有太深的感情。我妈妈只是以回敬的方式，给了你爸爸一个儿子。后来，你爸爸在工作单位受了一点挫，很是失意。这也更加恶化彼此的关系，再后来，就离婚了。

而你爸爸要望望的目的，就是想索要我妈妈每月 300 元的生活费。肖若儿你，千万不要对生活抱有太美的幻想，事实会让你失望。

这就是我的故事。如果你有和我差不多的境遇，请你理解它。

"你错了，落忆，我爸爸才不会那样。"

话不是我想说的，但那是我的家人我必须得那么说。其实我只想感叹，这个世界，真是太小。

"其实我妈她，也挺不容易的……"他想继续说点什么，却欲言又止的样子。

我告诉他别再继续说下去了，我都听腻了。然后我以一种很洒脱的姿态转身离开。人生这东西，也太有意思了吧。我只把它当作游戏，完全可以不去在乎，唯独只怕我的弟弟受到伤害。

看到望望特别开心地左一声路诚哥哥,右一声路诚哥哥地叫着,微笑的脸灿若桃花,于是就很是安心了。"段望铉"我念叨着他的名字,然后祈祝他,有个美丽的童年。

我们都有一段故事。这样就平等了,能够更加彼此珍惜。

你那么小,你比我要坚强多了。

我那么不好,所有人都救不了我,可是小小的你身上的阳光瞬间就将我身上顽固的坏东西融化掉,我想好好的。对幸福的生活,再也不允许不美好了。像在现在无比温柔平静的时光里,突然间有信心一切都会好起来。

我要紧紧握住你小小的手给你力量和满满的爱。

嗯。遇见你真好。

九　悲伤万劫不复

后来才知道,望望的亲妈妈是煤气中毒,等我知道,已经出殡很长时间了。她怎么涉足落忆的家庭,也没兴趣去知道了。

这些不幸的家庭。能遇到一起也真够不容易的。

可是别的事情和我没关系,我只担心望望。可还好,旧的不去新的不来。我们现在的家庭和睦,也该满足了。

望望在那天想见到妈妈哭闹一阵后就平静下来了。他还是总想回去看看她,谁都没告诉他妈妈已经不在了。永远看不到她了。

只是说还有一段日子,要沉淀一些时光他们才会相见。

首先,你要好好长大,成为一个明媚挺拔的少年。我的妈妈这样告诉他。他就永远活在期待见到妈妈的时光里面了,妈妈不会消失,还在城市的某个地方期待他回家。

这也是个幸福的童话故事。

说不定在望望的梦里妈妈还在温柔地抱着他同他说话呢。

她一直都在。这是我们全家一起编织给望望的童话。

同时,离路诚手术的日子也越来越近了,我会在清爽的黄昏与他去散步,每天每天。他的心态也越来越坦然,期待眼睛治好后,回到学校再

我的绿纱时光

创辉煌。我问路诚,为什么我是这么不愿意去上学。是啊,成绩一团糟,性格怪僻又爱耍小姐脾气。

他在我的头上轻轻抚了一下,然后说:"丫头,我再不许你这样任性了。虽然这些天在这儿安静地待着,我好像能理解你为什么不愿去学校了。"他笑了。

我默默点了点头,同时也在想,我的生活都可以算上无为人视了,只有路诚在乎我,也只有路诚的在乎,才是我的在乎啊。我多怕,这种美好稍纵即逝。我抬头,聆听鸽鸣。

十四岁了,该学着成长了。

我在想,我常常也想。我一直是以一个小混混的颓废形象出现的。路诚对我的好,是以施舍的方式吗?

"肖若儿,其实你真的很明媚。相信我,一切都会好的。"我很感动,路诚的惦念,是真真切切存在着的,可是,他说的这句话,应该我说给他的才是啊。此时此刻,他比我需要爱。

春天快要来了。看天边那一丝浮云,和路诚的瞳孔一样好看。有笑容在他的脸上荡漾开去,纯洁得像个小孩子。我们都沉默着,空灵的寂寞触手可及。

其实,我最渴望的,就是别人对我好。不用太强烈的,只是一点点就够了。路诚,有时我真想逃离你的世界,你的世界太美,我无法奢望。你的辉煌衬托出我的一无是处,我的城墙总是有寒冷袭击。我好怕,奢华的风景总会把垃圾抛弃,所以我想要逃离。

狗尾巴草,怎么能与曼陀罗并列在一起?

多少次与他徘徊在这条小路上了,有天时地利人和相衬。与他的步伐,总是很一致,并总是保持很干净的距离。

"路诚,我希望有一天在城市之间流浪,背着我的吉他,拥抱风响。"

"傻瓜,你以为你的个性很伟大吗?别人只会笑话你神经质。"

"那么，即便是这样，路诚也愿意陪我去流浪的对吗？"

我想起来我和裕忏忏无数个奔跑着的下午时光……

路诚沉默许久，然后对我说："梦想与现实总是有很长一段距离的。你太天真了。"我便有些黯然神伤了，怅然若失地想，也许我这个一无是处的傻瓜终归要一辈子碌碌无为了。我真的想过要逃脱，到达一个在乎我的领域。

我又悲观了。这真不好。

我告诉路诚，我交了一个朋友，玩摇滚的。他游离在各个城市之间，那种自由是我向往的生活，我想和他走。

我的手便被他紧紧拉住，那是我无法挣脱的力量。他几乎快是喊起来："肖若儿你和我保证过不去酒吧的，你为什么还是这样放纵你自己？与玩摇滚的混日子相当于自杀你明白吗？你别再去找他们了。"

我在心里暗暗好笑，我妈都管不了我，你一个小屁孩管得着我吗？我想说他，你这个被老师捧在手里的宠儿怎么能感觉到受排挤的滋味。我虽然看到望望能燃起一切美好的念头，可是一到学校就难受。他们在逼我，一直在逼我好不好。可说出来的话却是："难道不好吗，对于我和我妈都是一种解脱。"

"你傻呀，你刚认识那个男的几天呀你就真的想和他走。那帮玩摇滚的没一个好东西，万一半路上把你祸害了把你卖了，或者怎么死的你都不知道。"

"你不要血口喷人啊小少爷，我知道满大街都找不到像你这样的乖乖儿，但也不至于你想象的那么败类吧？"

我心一凉。我一直觉得路诚是很浪漫很浪漫的。他为什么这么说？

路诚一皱眉，然后说："那你就走，随你便。不过提醒你一句，再回来看我的时候，千万别说疼。"

我甩下他的手，说："好，我现在就走。我会走得很潇洒，然后再笑一笑你这个被泡在蜜罐里的傻瓜是多么悲哀。"我扔下他一个人走了,几步后意犹未尽地回头,看路诚那茫然的表情像是一个弄丢糖果的孩子。我轻轻地,泪水决堤。

其实,我何尝想离开,但面对段叔叔那冷漠的眼神真的是很不爽;

我又怎能舍得,与裕忏忏那天翻地覆式的友情,但又难以接受,忏忏妈那想杀人的口气。

路诚,我是多愿意徘徊在你的世界里,但你给我的一丝浮光掠影都是那么奢华,我奢望不起。

亲爱的我是累赘,我为什么还要待在这里?我都想走很久了。我为什么控制着自己?因为和你们在一起我会觉得快乐,并且会让你们快乐。可惜我错了。

回到家里,看见望望正撅着屁股在地板上摆积木,两个大人缩在沙发上看电视,很甜蜜的样子。我妈说了一句:"今天回家很早嘛。"然后又投入电视情节中。望望跑过来牵我的手,说,公主我接你回家。我抚了一下他的头,用尽可能轻柔的调调和他说,王子,你的城堡还没有建好。

然后想走回我的屋子,却又转身回到客厅,和我妈说:"妈,我还没有吃饭……"

她盯着电视回答说:"哦?不是每次都在路诚那里吃吗?"也并没有起身的意思。

段叔叔看了下我们,尴尬地站起来,说:"我来热饭了。"他那一身的肌肉怎么看都不太舒服,我迟疑了一下,然后说不麻烦了,我自己来吧。猛男便很利索地就坐下了。

饭桌前就我一个人,气氛很是让人郁闷。总觉得这屋子冷清得有点吓人,只有望望自娱自乐地低声呢喃。

手机突然响了,是路诚打来的。按下接听键,是一个很匆忙的中年妇女声音:"你过来一下,路诚出事了。""——请问……"没等我问出口,对方已把手机挂断。

我拿过外衣,没等和家人解释便摔门而出。路诚,你会很好的,相信你马上就要出院了不是吗?一路狂奔到医院,在楼梯上没踩好,险些摔倒。

路诚的亲戚们都在他的病房门口,几个人在抹眼泪,还有几个人在低头沉思着。一个女的和我说:"你是肖若儿吧? 进去看看路诚吧,他想见你。"

路诚此刻在闭着眼睛小睡,英俊的面容即使有些苍白,但依旧那么好看。脑门上,起了两个半拳头大的血泡,淤血的颜色是那样触目惊心。看到他这般模样,我忍住没哭。我不能哭,等他醒来,我是要唱歌给他听的。我握了一下他插着吊针的手,很凉的温度。他的手反握了我一下,说着:"我没睡,肖若儿,我在等你。"

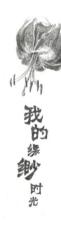

"你的手不能乱动啊,你还正在打针。"我把他握住的手轻轻抽出。刚才在门口听见路诚的亲戚在谈论着车祸。我可真是疏忽,怎么能够把路诚一个人扔在离医院那么远的地方呢?

"肖若儿,你不要自责,是肇事司机的错。""我……"一切的一切都无从开口。

路诚满脸都是坦然的神情,让人心酸又心碎。

"你走了以后,就彻底迷失方向了。一直以为,和你在一起,无论走到哪里都很安全,所以从来都没有留意过路的方向。"

想说什么,嗓子已经哽咽。我在想,以后,路诚的家人还能如此信得着我吗?外面,已经是夜空,星星零零散散,看不到月亮。

护士走了进来,告诉我路诚该休息了,叫我离开。路诚用央求的口吻和护士说,不要让她走,想和她说说话。护士看看我,一脸的不乐意。

"路诚,你今天好好休息。我明天放学就来。"我回瞪了一眼那个护士。推门出去，被路诚叫住。他迟疑了一下才说，天黑了吧，小心点。又想要哭了，路诚，你的世界一直都天黑着呢，你为什么不小心点？是因为我忘记了叮咛吗？

被路诚的亲戚拦住，说："你以后别再来了，你给路诚带来了很多麻烦你知道吗？路诚的父母过几天也回来了，你和他就如此频繁地往来成何体统啊？"

我点头，但最后还是询问了一句："我明天最后来一次行吗，我和路诚说好的明天一定来看他的。"

看到她像是没听见一样，我又重复了一遍："求求……您了。"

她吼道，别想，若没有你干扰，他的手术早就顺利进行了，你永远别想。我没再说什么，转身离开。我注意到了周围的人像看猴子一样看着我。我怅然若失了，好像离路诚的世界越来越远。

我离开的方向不是家里，是一个很熟悉的地方——一家叫作"陌路风雨"的酒吧，我要去找他，此刻，他会是我失意的最好安慰者。

他的确在这里，在一个很容易被忽略的角落里，一手抱着吉他，一手端着酒杯，表情严肃。我一直走到他的对座，然后坐下。他好像还是没有停止思考，严肃的脸上棱角分明，那是成熟的风范，不同于路诚的。

忍不住的泪如泉涌，对着他的脸。他看着我的眼，柔声轻问："肖若儿，你怎么了？"

我哽咽着说："凌然，你看我有多坚强，找你之前，我没让任何人看到我的泪。"

他什么都没说，低头思索着，他一直都这么少言寡语，但又有什么关系呢？他身上超凡脱俗的气质足够让我当作风景来欣赏了。

"凌然"，我这样叫他，他还是不理我，他也许在等我把泪水哭完。这样一想我便不哭了，在他旁边总是无端地开心。

"凌然，我想再一次请求你，让我和你一起走吧。我喜欢你的生活。"

凌然思考了一下,然后说,肖若儿,你还太小,你不能按你的意愿来行事,社会上的很多事情你还都不能够理解。对不起,我不能带你走。"你看我什么都没有了,连家都没了。这是我的一个梦呀,让我实现它好吗?凌然我绝对不会拖累你,我会写稿子的,我写稿子挣钱养活我自己。""肖若儿,这样叛逆可不好。早点回家吧,啊?"

我把嘴一噘:"不,我一定要和你走。我不带我走,我就一直在这里等你。你早晚有一天得带我走。"

他很无奈地叹口气,然后背着他的吉他,起身要走。我便跟了出去,走在他的后头,就这么跟随着他,我绝不会喊住他。因为我知道,等到他走累了的时候,终究会停下,和我并排走。就像路诚因为我差点得一塌糊涂的成绩和我生气,总会叫我站住别动,然后他自己很快地朝前走。走的过程中总是回头看,每次都是在下一个转弯的路口站住等我,一直都是这样。尾随他一路走到火车站,他终于像我预想的那样回过头来,等我走到他的跟前,他说:"好固执的丫头啊,我同意带你走。"

凌然你真是好高呀,我都要抬着头看你。凌然的头发在风里是那样的飘逸,真像一个超然尘世的梦想家。他在一旁一边抽烟一边等火车,居民楼里的人们都已经相继入梦,唯有火车站灯火辉煌。

从兜里掏出手机看下时间,看到显示"十七个末接来电",查完全是家里打来的。望着手机发呆的当儿,凌然说了声:"走吧,该检票了。"

跟着凌然,随着拥挤的人流往外涌。终于离开这个城市了。我贴着玻璃看窗外,夜色让我看不到外面的风景。凌然完全忽略掉我的存在,耳里插着耳机怡然自得的样子,他在听摇滚乐,我知道。

马天宇《依然在一起》的歌声响起,这个电话总能让我开心,每天都在午夜十二点钟准时打过来,像一个仪式一样,路诚说,在每天的最开始听到我的声音是一种享受,但愿如此。

接听后,他没有说话。我便说了他的"台词"——晚安,早点睡吧。

我的绿纱时光

"肖若儿，你妈妈很着急。"

我只是张口说"路诚，对不起，我不得不逃离。"

路诚只是说了句："注意你自己，遇到麻烦打电话给我。"然后就挂断。我听着忙音，呆呆地想，你为什么这样急？

另一个电话又打了过来，还是家里。我没有接，任凭歌声继续，听到断肠。铃声是路诚下载给我的，即使我不太喜欢这类音乐也始终没有换，等到铃声停止，我关了机。

思索了一下又打开，写下这样一句话"我在火车上，我在离开，祝忏忏安好"。

没过多久，一条短信过来"肖若儿，你在说什么？"

十　寂寞游子心

"喂,凌然,我们来猜脑筋急转弯怎么样?"凌然一皱眉,做出一副不愿搭理我的架势。他总是这个样子。

他是我在一个周末去酒吧玩,无意认识的。我听到几个大姐姐似的人物在谈论他,说他在全国各个地方的网吧弹吉他卖唱,然后用打工的工资四处旅行。

当时我就被迷住了。

这不是一直以来我的愿望吗?

我无奈地耸耸肩,打电话给裕忏忏,那个疯丫头,还没等我说话便喊,肖若儿你发什么神经呀深更半夜的。

"我走了,裕忏忏,我要追梦天涯了,你每天都要开心才是呀。"

我听见裕忏忏无厘头地笑起来了,好像下一秒钟就会喘不上气来。我只好说:"喂,你别笑得那么花枝乱颤行吗?"

"我可听说天涯缺氧啊,你最好背着一个氧气瓶去。我可希望你好好活着呢,否则谁和我混啊。"

"没和你闹,我是说真的。说再见了。"

太伤心了。她竟然以为我在还在逗她玩。

挂断后我马上关了机，因为我知道手机快没电了。我在火车上昏昏欲睡，倒没觉得不踏实。直到凌然用矿泉水瓶敲我的头，告诉我到站了时，我才迷迷糊糊睁开眼。睡眼惺忪地站起来，拥挤的人流险些让我跌倒。凌然没有办法，只好攥着我的手腕以防我被绊倒。

　　下了火车后他松开我独自一人朝前走了，我紧跟其后。他步伐很快，我还要来回躲着穿梭的人流，他也不说回头看看我有没有跟上。风起，凌然的长发随之轻轻飘起，真像艺术家啊。

　　完全陌生的城市，可这陌生的一切竟然叫我如此欢喜。也许也算不上是陌生吧，这样的城市，在我的梦里出现过好多次了，并且都是以同样的方式。

　　"我们去哪里？"我问走在前面的他。

　　"我家。"

　　你有家？

　　我惊讶了。

　　"你不是四海为家吗？"我继续问他。他也不理我。

　　我还是尾随着他，和他的距离始终不变地，走到了他的家。那一个旧居民楼的第二层，应该只有他一个人，因为面积很小且很是简陋。卧室里放了一张简单的折叠式单人床就再也容不下其他的什么东西了。

　　"你睡在这里可以吧？"他问我。

　　"那么你呢？"

　　"我一会儿去工作了，你先睡。我一般都是在白天睡的。"

　　"那个，可以借用一下手机充电器吗？"

　　"我从来不用手机啊，这样吧，明天我带你去我朋友那里，她那里有万能充电器如果我没记错的话。那么晚安了，我要出去了。"

　　真的是一个人了，在家里无聊时可以看看电影，读读小说。可现在呢，什么都干不了。但是我现在感到饿了怎么办呢？饿着吧，不能像在家里那般随心所欲了，还是睡觉吧。也只能睡觉了。

接连不断的梦，真让人觉得累。不过都是好梦，这样就够了。半夜起来从床上坐起来，开始很认真地想，这下不用去上学了，可总应该干点什么养活自己，可是干什么呢？

幼儿园时代是常常讲故事的，我自己想出来的一切都可以随时讲给别人听。那是人人都夸我的韶光年华，那时我集万千宠爱于一身。可现在都忘却了我会讲故事了，我自己都忘了。

但最起码，我应该试试了。因为我除了这个算是才华的才华，真的一无是处了。就这样了，明天写写字吧。以前也常常帮裕忓忓构思小说情节的，可从来都没尝试过自己写。再躺下去之后，便没有梦了，一觉睡到太阳当头。

凌然和我想象中的一样，在巴掌大客厅里听 CD。一副悠悠然的样子。"准备好了吗，我们走。"凌然这样说。

这里是一个逼仄的弄堂，真的想不到繁华的城市里竟然会有如此拥挤的平房。大约在弄堂的中央位置，凌然告诉我，就是这里了。

他还是走在前面，我跟在后面。没想到他所谓的朋友是个女生，并且是个很漂亮的女生。女生正在书桌前写什么，看见我们来脸上看出很是高兴。

她立刻起身，走过来迎我们。"她是谁啊？"美女拉着我的辫子问凌然。"哦，我从俏城带回来的，和家里人发生点小矛盾。"

"你准备让她住在我这里？"

"她手机没电了，想借用你的充电器。但如果你们俩都彼此愿意的话，我想她住在你这里会更好一些。可是，你马上就高考了啊。"

"没关系的。你成天出去，像逍遥客一样，就让她一个人待着？"

"还说我呢，你成天都在学校里混，不也是让她一个人待着吗？"凌然这样一说，尚阡陌扑哧一声笑了。

笑过后她拍拍我的头问:"那么你呢？怎么选择？"

"我非常愿意和姐姐住在一起。"

听到这句话后,美女又笑了,露出洁白的牙齿。一旁的凌然问:"小陌,你这里没有感冒药了吧？"

美女摇摇头说:"不必了,我快好了,明天就去上学。你快回去吧,又一晚没睡眼睛里全是血丝。"凌然装出楚楚可怜的样子说,每次来这里的时候你都赶我走,难道你真的一点都不想我吗？

美女莞尔一笑说,当然想了,怎么能不想,不想的话就不叫你进来了。好了你走吧,我该学习了。她就这样硬是把凌然推出去了,他走出门后美女俏皮地冲我一笑。

"姐姐,你看我能帮你做点什么呢？"

"唤我'尚阡陌'好了,姐姐这个称呼太奢华了。我该如何称呼你呢？"

"肖若儿。"我说。

"那就这样了啊,你自己玩我要学习了。"坐在写字台前的她说话时连头都不抬一下。

我看到窗台上放着一袋压缩饼干,于是问:"我能吃吗？"

美女回过头来,问:"你说什么？"

我指了指窗台,说:"那个,我可以吃吗？"

她可真是好看啊。我看着她赏心悦目地笑了。

"凌然哥哥弹的是什么呀？"

美女姐姐不爱说话。于是我找话和她说,我是喜欢她的。

"民谣呗。"她笑了,"其实我也不是很懂。"

十一　心灵的那颗明媚种子

美女正在很投入地拼搏着高考,我正在奋笔疾书着一部关于美人鱼的童话。这个封面为米老鼠卡通形象的本子是美女送给我的,我写得得心应手,甜蜜又坦然。不大的写字台上堆满了各科参考书和模拟试卷,伏在上面,真真切切的幸福感。

时而传来房东家的孩子哭闹的声音,我离开写字台,把门关上。美女朝我笑了笑,露出洁白的牙齿。我刚想以回敬的方式朝她笑一下,她却将头埋了下去。美女很爱笑,微笑时好看的样子需要别人当作风景去欣赏。

路诚的电话打来,告诉我睡吧肖若儿,晚安,然后挂断。我放下手机,怅然若失。

美女说:"嗯,肖若儿我想今天和你一起睡。"

漆黑的夜里,美女抚着我的头发,轻声说:"你呀,可真是身在福中不知福,那么多人关心着你,还是要跑出来,你看看我自己一个人在这是有多寂寞。老羡慕你呢。"

我忙做解释:"姐姐不是那样,那一切都是被逼无奈,而不是愿意的。我们的家庭情况太复杂了,我后爸巴不得我丢了呢。他也就觉得我还小,这如果我成年了啊,他肯定在成年的当天晚上就把我扫地出门了。"

她喃喃道:"你还太小……"

想说什么,可她却已经沉沉睡去。睡着了可还紧紧拉着我的手。

美女这几天学习太累了,是该好好睡一觉了。

我隔着梦境,回到了我的幼儿园时代。那是我,扎着羊角辫在秋千上轻荡,白色的连衣裙在风中飘荡。然后伸开手,索要幼儿园老师的拥抱,亲吻她的脸颊。我一直都在舞蹈那片阳光最充足的领操员的位置上,那时,所有的人都说,肖若儿画画好,写字好,还会给小朋友们讲故事,是整个幼儿园里,最可爱的小孩子。

那时我多么辉煌,被同龄人围在焦点上,被老师们捧在掌心里,我高高在上。梦里是谁的脸浮现,然后问我,肖若儿那一切的辉煌都离你而去,渐行渐远化为虚无,你心甘吗?

奶奶……

任凭我怎样呼唤,梦境里都是一片空白。只有背景是幼儿园的一角天空,和摇摇欲坠的秋千。

然后醒来,感叹这个屋子好寒冷,寒冷得让我忽略掉春天的来到。美女已经坐在我的对面,用轻柔的手的温度蒸发我透过梦的眼泪。她问我:"你想家了对吗? "我很坚决地摇摇头。美女笑了,"还说没有呢。"

我强调一遍:"我真的没有想家。"

台灯的亮度不够大,使美女的笑容有一种蒙眬的神秘感。美女长叹一口气说:"哪里能比得上家好,若不是因为高考,我才不出来租房子呢。"我忙说:"我看这房子挺好的,多凉快啊! "美女咯咯地笑出了声音。

好漫长的夜,星光在窗台上一片皎洁。美女散着头发坐在写字台前,表情认真,眉头轻锁,是多么和谐而美好的画面呢。很感激这位美女姐姐,本是陌路相逢,却待我如此之好。美女问我:"你是怎样下决心和凌然走的呢? "

十一 心灵的那颗明媚种子

我支吾了许久，然后说："我喜欢他身上的寂寞。"美女听到此话之后沉默许久。然后她又制造话题问我："那个晚上打电话和你道晚安的是你什么人？"

"嗯，他是我的同学，一个很会学习的奶油小生。"

美女说："我和凌然，以前也是同学……"

她突然很激动，一骨碌就坐起来："肖若儿你说，究竟什么是爱呢？"

话题就此僵住，我知道凌然和我一样是个叛逆的孩子，我们都不属于校园，但我和凌然也是不一样的，他有勇气去追梦，所以他成长起来，而我却还是一个脆弱到需要别人去保护的孩子。

对呀，可是什么是爱呢？

"我是因为寂寞呀……"尚阡陌姐姐缓缓地说着。

我悲伤地看着她。真是，原来美女也会寂寞呀。

有手机短信过来——"宝贝，你什么时候回来？你看春天来了，我要带着你去看木棉花，这是我的诺言。你也不要忘了它，一定啊。"

我想哭了，眼前是路诚灿若桃花的笑靥。我好久没唱歌给他听了吧？路诚，好想好想你。你要快快好。

我拨通他的电话，他接听后也不说话，我唱歌给他听，那是我经常唱给他听的，那首歌的名字叫《依然在一起》。唱到一半便再也唱不下去，因为我哭了。路诚给的是简单而温柔的评价"好听"。

他接着说："肖若儿不要挂断电话，让我们一起注视太阳升起好吗？"路诚，其实我离开你并不遥远，只是隔了一个城市又隔了一个城市。但你真的能保证，我们会同时看到太阳升起吗？你心中太阳的温度，一定会比刚才升起的太阳温暖吧？当太阳升起的时候，我该要怎样告诉你，让你相信初升的太阳是多么美丽。

"我下周就要手术了，如果你能在我身边就好了……"

我不能说出什么，只是希望手术后路诚的眼睛，落拓依旧，清澈依旧。那么好吧,路诚,就让我把太阳升起的过程,描述给你听——

　　人鱼公主早已停止了她的唱晚,在你被梦魇惊醒的那一刻。明亮闪烁的星星化作朦朦胧胧的光团。今天的月亮很美,月华如炼。月亮是你梦境的庇护者,是你透过梦露出甜蜜的笑的见证。她和你道早安后离开,她不希望看到你黯然神伤的神情。她希望你是微笑着的,他说你的微笑很美。

　　你在这里,在离太阳最近的地方——天鹅湖。沉睡着的天鹅被第一缕光芒暖醒,也面向太阳的方向,与你共期待。此时天气晴好,柔风拂面。你仔细地看那边了吗? 那是无比绚烂的光彩啊,与逐渐转淡的夜色融为一体。两种美好并存在一起,你有没有幸福感觉了呢?

　　太阳还迟迟不肯露面,她期待你会用希望的歌声迎接。你看,绿树繁花早已做好迎接的虔诚姿态,太阳才在轻微的呢喃声中姗姗来迟……

　　不要收住微笑啊我的亲爱,太阳的光环已经点缀你的瞳孔,你的瞳孔与太阳一起闪烁光芒。

　　我什么都不想干我只是想带你去看最美丽的星星。

"路诚,你是在听我说话吗? 听我在讲乱七八糟的故事吗? 为什么不回答我呢? "

　　"肖若儿,你一定要回来,让我帮你把丢掉的课补回来。不要任性了好吗? 再这样下去就完了,你就彻底完了。"

　　"路诚,让我完了吧。我现在比较快乐,不一样的生活很刺激很美。我梦想的种子将要萌芽,你为什么阻碍我即将的飞翔? "

　　"我会等你的。你要记得我在等。无论如何,在迷路的时候,回头总是家的方向。"

　　挂上电话的时候,美女正准备出门。我叫住她:"姐姐,其实我心里有一颗明媚的种子,你看到了吗? "我变得诗意美好起来,认真地看着姐姐问她。

　　美女回过头,用好看的眼睛看着我,在我的脑袋上轻轻拍了一下说:"嘿,肖若儿小朋友,我看到了耶,你是最讨人喜欢的小女孩儿。"

　　我朝着美女笑了,我决定,今天写一篇童话,童话的名字就叫作《微笑的天使》。她是天使。

　　"拜拜。"美女带着同样的微笑离开。

　　我心里的种子啊,该发芽的时候了吧? 我吃完一块美女留给我作为早餐的面包,然后带着我的书稿离开。走了几步后又退了回去,把余下的面包带着。我要去凌然工作的地方,他一定饿坏了吧? 我应加快一些速度了,我说好去接他的,他一定等急了吧? 我一路小跑哼着《快乐童话》的调子。感觉到累的时候,酒吧就到了。我问服务员:"凌然呢? "可能是因为我不太有礼貌吧,服务员一皱眉,指了下楼上。

　　摇滚乐震天响,刺得我耳朵疼。我想着凌然狼吞虎咽吃面包的样子,扑哧一声乐了。

　　在我看见凌然的时候,我受惊了。他脸上,是一道血淋淋的伤痕。我拿着面包的手突然僵住。我问:"凌然,你怎么又和别人打架呢? "凌然苦笑下说:"丫头,人在江湖漂,哪能不挨刀呀。"他低着头,若有所思的样子,长发垂下盖住他的眼。他突然又抬起头问我:"肖若儿,你看我像好人吗? "

　　凌然,我懂你,你只是生活被逼无奈,我把面包递给他说:"当然是好人了,不然我怎能和你出来呢? "

　　他很顺从地把面包接过,"肖若儿,谢谢你。"

　　"嗯?"

"哦,你的面包很好吃。"

"是小陌特意留给你的呢,她上学忙我就给送来了,我一会儿去找个小公园写点东西正好顺便。"

"没钱的时候好落魄。苦了小陌了。"

凌然竟然伸出手要我的手稿,我便很高兴地递了过去。他一边吃一边看,我就纳闷在这么劲爆的音乐里怎么会读得下去?我又突然想到,路诚可从来没有看过我写的东西。他不相信我会写出很出色的故事,我知道。

凌然,在你的世界里我便会很快长大,等我有足够阅历,我就会心安理得成为一个作家了吧?我要做一辈子与世无争的作家。凌然,你的生活刚刚好,即使波澜起伏也很是甜蜜,我还想说一遍,我喜欢你的生活。凌然说:"我要去另一个城市了,肖若儿你老实和小陌待在一起,涉入我的生活你会自找麻烦,所以不要让我再带着你。"

我摇摇头,又点点头。其实我想和他说,我想在路诚手术前回去,因为,木棉花全都开好了。纵使我如此向往你的生活,但终归永远不能成为你。因为我没有你的勇气,我把握不好我自己,注定要平庸。

我拿过一个酒杯,抢过凌然手里的酒瓶倒了一杯。我说,凌然,我今天要和你喝酒,你不是一直都说你很能喝吗,今天就看看,是你能喝还是我能喝。

凌然很疯狂地乐着:"嘿嘿,丫头,你的这股倔劲还真是很招人喜欢嘛。"

他背上吉他准备走,拿我的话当儿戏。我冲着他的背影喊:"你早晚有一天得和我喝,你喝不过我的。"

凌然可能听不见,因为音乐声太吵。但我绝对是说了。

哼,凌然,你不陪我喝的话我就自己喝。一杯下去,没有丝毫醉意,接着便是第二杯,一个人,还真是没意思。想到一会儿还要去报社,便没有继续喝。

　　半路上，买了口香糖嚼在嘴里。编辑若闻到我满嘴酒味，估计就不愿细看我的稿了。商店的玻璃门现出我的样子，有谁知道乖巧的相貌之下隐藏一颗毫不安分的心呢？我是一个写童话的，我看起来很年轻像个孩子。我若是永远都像个孩子，那该有多好。脑袋有些发晕，应该是被酒吧里的摇滚乐给震的，路诚说得对，我真的不适合这儿。也许我该回家了，家里一定会期待我的归来。望望也因此学会一句话了，那句话的内容是——浪子回头金不换。

　　我心里有颗美丽的种子，即将萌芽了。

十二　阴谋

　　我攥着稿费,还真有小小的幸福感。路诚,我比你想象的有出息,我没有饿死,会自己养活自己且活得相当滋润。我买了一些美女爱吃的零食带回去,想去一趟美女的学校,后来又想还是算了。我也许会让她学习分心的吧? 高考前的复习如火如荼还真是有轰轰烈烈的风范。回去睡个午觉也罢,晚上要和美女一起熬夜呢。

　　如果有精力,还可以再写一篇稿。其实,远离学校的生活远没有想象中的悠然。我一边这样想一边推开房子的外门,这门好像从来没有锁过。我把手伸进兜里翻内屋的钥匙,在兜里碰到一个硬邦邦的东西,拿出来看是凌然的网卡,早就忘记了,看来得过段时间再还给他了。

　　我把零食堆在写字台上,倒头便睡。好梦被手机的铃声打断,我懒懒的一声"喂",凌然笑嘻嘻地问:"肖若儿啊,网卡还在你那儿吧。"我说:"是啊。"他说,"那好,我一会儿去取。"

　　哎,不对耶,他不是说要走吗? 我翻身下床,把网卡交在房东的手上,叫他交给凌然。我准备继续睡觉,也许昨夜梦魇里的追忆太过疲惫吧? 我竟然一觉睡到天黑,离美女晚自习放学还有一段时间,我看书消磨时间,海岩的《舞者》,写得真是不错。裕忏忏也许此时正焦头烂额地复习功课迎接月考。

手中的小说已经从高潮翻到结尾,墙上的石英钟已指向 10 点。我推开内屋的门,房东的女主人正哄着她的儿子玩耍。我问她:"阿姨,尚阡陌姐姐平时都什么时候回来?"房东说,谁知道呢,应该每次都在九点半之前到家吧。她上下打量我一番,用不屑的口气说:"你学生吧逃学可不好。"

我没搭理她,人已经学会按捺自己情绪了。我想想和房东说:"每天早晚多做出一些饭菜给尚阡陌姐姐好吗?"

房东说:"那可是需要加钱的。"记得网络上有这样一句话"钱不是万能的,没有钱是万万不能的"。当初只是一笑了之,现在却体会出其真正含义。可面对高考的尚阡陌每天却只用面包对付饥饿的胃,也仅仅能满足身体所需。

"阿姨,我只有五十块,您先拿着行吧。"

"那,这只能就一周呀。""只准备一份就行了。那么半个月可以吗?"我咬咬牙说。"行,那就半个月吧。"

正在此时,门"吱呀"一声,尚阡陌回来了。清秀的面孔,更加衬托出她脸色的苍白。她的脸上,有很明显的一块淤青。我问:"姐姐,你出什么事了?"

美女还是保持很干净的笑,说道:"没什么呀,不小心跌了一跤,嘻嘻,出校门时太急了。"

她过来拉我的手说:"走,我们回屋。"记得望望总是说"走,我们回家"。但这"屋"和"家"的概念也截然不同。美女看到写字台上的零食,眼里晃过一丝惊讶。我注视着她的脸说,姐姐,我不相信你的话耶,你为什么要瞒着我?

我知道,跌跤时人都会下意识地保护自己的脸,即使摔到脸,后果也只能是划破而已,不可能出现淤青的。

她没有回答我,转移话题说:"肖若儿呀,这几天好好在家待着,别去找凌然。酒吧不是你待的地方,听姐姐话啊。"

"凌然说,他今天要离开这个城市的。""嗯,是吗?""好了,姐姐吃东西,饿坏了是吗?"她又是很开心地笑了,她每次的笑都令我措手不及。美女爱笑是对的,但是否是真的快乐呢?吃东西的时候,美女神色凝重。我感觉到,她有麻烦缠身了。这是一种真真切切的预感。

"肖若儿,听姐姐话,别再和凌然乱走。等我三个月,凌然能给你的我都能给你,相信姐姐。"

我使劲地点头。姐姐,在凌然身边我总是怕他突然把我丢掉自己走了,在你身边我什么都不会担心。姐姐是好人。她翻出一本参考书,把书包随便地往旁边一扔。这可不是她平时的生活习惯。美女是有一丝洁癖的,屋子里一切都很规整。有一叠卷子从她的书包里掉出来,我俯身帮忙捡起。我看见最上面的高分数学卷,吐了吐舌头。"我数学从来都是不及格的。"

"那么以后,我要给肖若儿补习数学,我一定会让你的成绩高高在上。""以后。""对!就是以后。我知道小丫头片子马上就回到正轨了。"

是啊,这算是迷失在青春的梦境里了,终归还是得以学业充实自己。我和姐姐说:"也许我下周就回去。"

美女笑了:"这就对了,假期别忘了找我来玩。"夜深了,正想要睡下,外面传来"咚咚"的脚步声砸门发出的闷响显得十分诡异,"小陌,快开门,我是凌然。"

美女却迟迟不肯动身,她说:"找睡了,你走吧。"

我正要问为什么,美女便自言自语地说:"就是不想开。"凌然等了一下,便又开始砸门:"肖若儿,有急事。"

犹豫了一下,我走过去打开门,美女还是没有动身。凌然把外门带上,随我进了内屋。美女立马别过脸去不搭理他,把气氛搞得很僵。凌然走过去,挤出笑和她说:"原谅我,我真不是故意要和你吵架的。"

他看出美女还是不想搭理他,就没再继续说下去。他转过头和我说:"肖若儿,你现在必须和我走。"还没等我开口,美女抢先一步说:"肖若儿凭什么和你走?"凌然赔着笑脸说:"肖若儿是我带出来的,我有义务把她送回去。"

美女好像很生气:"你不是忙着走吗,你自己走好了。你这么晚来打扰我睡觉了你知道吗? 自打到了这个城市肖若儿就一直待在我这儿你尽什么义务了? 送她回去由我来,用不着你来操心。"

凌然站住还想说什么,美女便推他出去。她在里面将门闩住,面无表情。我试探着问,你们……打架了?

美女说:"我发现了他的一个秘密,他怕我抖搂出去,想害我。"她迟疑一下又说,"其实,我也只是想叫他改邪归正而已。"

我接着问:"那么,姐姐是如何发现的呢?""我是最容易触及他的生活的人,因为他是我男朋友。"我脑袋里浮现出凌然在酒吧里唱歌的画面,和尚阡陌奋笔疾书的画面。他们本不是同条路上的人,是如何走到一起的呢?

美女和我说:"肖若儿,下周一定要回家去。那才是属于你的生活。现在的社会啊由不得你继续任性下去,你再这样就会迷失了。""好,后天我就回去。"我算计一下,应该离开两周了吧? 我怎么会不想家呢? 那是我唯一惦念的源泉啊。我的妈妈虽然也会把我扔在家里独自离开,但总会有嘘寒问暖的电话打回来,而凌然把我托给尚阡陌后就从来没过来,和他说太多的话时他总是不耐烦到想离开。再不想家是因为良心丧失了呀。

我看见美女的眼泪轻轻滑过,那可人的样子可真是楚楚动人。桌子上摊开的是她的日记本,和她送我的写童话的本子是一个式样的。我从她的脖颈搂了过去,说:"姐姐,别多想了,我们睡觉吧。"

美女在床上辗转反侧，一段时间后很小声音地问："肖若儿，你睡了吗？"

"没，我睡不着呢。"我回答说。

"那么，肖若儿和我说说话吧。"我点头说好。美女便给我讲学生时代的凌然。从她的话语里我知道，学校里的凌然是个多才多艺的男孩子，曾经和她一同主持过学校的联欢晚会。对于为什么退学的原因便不太清楚了，因为后来我睡着了，真是愧对尚阡陌那无比真诚的诉说了。

第二天早晨醒来，尚阡陌早已上学去了。她是否还和以前一样微笑着离开呢？这几天天气明显好转，在屋子里已感觉不到冷了。头有些晕，推门出去想透透气。正撞上睡眼惺忪的房东女主人。

"做早饭了吗？"我很着急地问她，忽略了礼貌。

"正准备呢。姑娘饿了吗？"房东女主人态度很好。

突然血液凝固，美女又是什么都没吃就去上学了。那文弱的身子怎么会禁得住呢？三个月后就要上战场了，而现在装备还没有齐全。"阿姨，以后，能不能，早些起来……"我断断续续说话因为脑袋短路了，然后我哭了。"求求您了……"出来之后，我是第几次如此低声下气和别人说话了？是的我想回去，想那个给予我万千宠爱的家了。

"可是……"房东女主人欲言又止的样子。"阿姨，尚阡陌姐姐体力跟不上了。我给您钱可以吗？我没有太多的钱但是可以分期给您。"

房东女主人说，姑娘我不需要你的钱，你放心明天的早餐一定会按时给的。此时凌然推门进来，并没有带着他的那把吉他。他和我说，肖若儿，家里会不会很担心你。我说会的，我后天回去。"哦？那么走之前联系我啊。"

"不，我自己回去就可以了。""这样子啊，我送你到火车站。"他离开，几步后又转回身说："尚阡陌今晚和我在一起，可能要晚回来。"

凌然脸上的伤痕清晰而明艳,他这几天的行踪好奇怪啊。他从来不来尚阡陌这里说是叫她安心学习的,这两天为什么如此频繁呢?

我感到阴谋若隐若现。并凝视着他的背影渐行渐远。

十三　毒杀

　　今天是在这里的最后一天,还真是有些不舍。想了两天都没有想出送个什么给美女好,干脆就写篇童话送她好了,这篇童话因为任务太重,竟无从下笔,从昨天下午一直忙活到今天中午才搞定。篇幅不长,不到三千字。

　　星期日,尚阡陌半天学,当我把稿子双手递给她时,她终于笑了。这两天,她已经很少笑了。她把一张百元的票子塞到我的手上,并叫我到家给她回电话。我说:"其实我回家的路费还是够用的。"我把钞票推了回去。

　　美女一笑:"你比我需要它,家里过几天就会寄钱过来。"我想了想说,那我过几天一定还给你,美女点点头说好。她轻轻地拥抱我说:"我真希望你能好好学习。"我拼命地点头,心生一丝怅然。

　　姐姐为什么你的拥抱如此无力呢?

　　美女把放在床上的单衣穿上,准备出门。我问她去哪里,她支吾着说去同学家。她和我说再见然后准备离开,不知为什么我跑去拉她的手,说姐姐你别走,你别走啊。

　　那只平时经常给予我温暖的手,此刻却冰冷得吓人。我浑身一抖,

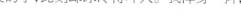

083

有一种感动便让我泪流满面。

　　她还是想推门出去，我留不住她。她和我保证说，一会儿就回来。她突然又回身问我："为什么想让我留下来呢？"我回答："我找不到去车站的路。"我送她出了门，她已走出很远的时候，我大声喊她："尚阡陌姐姐。"她闻声回头，我想了一会儿说："小心跌倒。"

　　我真是怕，她走了后便不再回来了。我一直目送她的背影离开，路的转角出现了另一个身影。我不禁吃了一惊，是凌然。真是很不巧啊在这个当儿等待尚阡陌，她正要去同学那里。又转念一想，凌然也是刚刚到，是不是两个人约好。怪不得尚阡陌说话时吞吞吐吐的呢。可是她为什么不说实话呢？

　　我这样想走进屋，房东女主人将我拦住："小姑娘，今天晚饭有鸡汤哦！"我有一丝小小的喜悦："是吗？那真是太好了。"是啊，尚阡陌的身体早就该补补营养了。

　　我想干什么来着？哦，对了，整理一下房间，让尚阡陌的房间规整如初。忽听见敲门声，很轻很轻地。我走过去把虚掩着的门打开，外面站着房东家的小男孩。"姐姐你能陪我玩吗？"和望望一样的个头，应该仿佛年纪。我说："好，你进来吧。"小男孩站在一旁，很有规矩，一双圆圆的小眼睛四处打探着这个屋子。我正笨手笨脚地擦写字台，男孩看着我笑了。他用商量的口吻说，我来吧。他又补充了一句，我常帮妈妈干这个，若我干得不好姐姐再来。

　　我只好把毛巾交给他。他伸着胳膊擦台面，擦到里面还要踮一下脚。动作却很是娴熟，沉稳得仿佛大人一般。男孩边擦桌边问我："姐姐是独生女吗？"

　　我说："我有个弟弟，他和你差不多大。"的确是很让人怜惜的弟弟，即使是和我没有血缘关系的，此时时间已指向三点，尚阡陌还是没回来。火车出发的时间是一个小时之后。

小男孩已把写字台擦完,把手巾平整地铺在手上交给我。我和他说,现在有事要出去一下,明儿再陪他玩。小男孩点头,听话地退出去了。

　　我把我的手机从充电器上拔下来,再带着写童话的笔记本。一切便和我来到这里时并无两样。走出房门时,我叫住了正在忙碌的房东女主人。我把内屋的钥匙交到她的手上,告诉她说我要回家了,她先是怔了一下,然后问我:"你什么时候走?"我说:"就是现在。"房东很不自然地说:"行,那走好啊,"我微笑示意一下。

　　出门后房东叫住我:"没人送你吗?"我回答说我自己能行,又嘱咐了一句:"尚阡陌马上能回来吧,别忘了准备晚饭。"

　　今天天气很好,没有浮云,空中有群鸽飞过,鸽鸣悦耳,其实车站离这里并不远,说是找不到只是留住尚阡陌的一个借口罢了。走到钟表店我突然停住了脚步,尚阡陌的手表两天前弄丢了,而过几天她不是有一次模拟考试吗?便走了进去准备选一合适的手表给她。

　　我指着一个镶有钻石的手表问服务员:"请问价钱多少?"服务员一副若无其事的样子,也许没听见吧。我把话重复一遍后,她没好气地说:"七百八。"

　　我吐了吐舌头,硬着头皮问,请问最便宜的多少钱?服务员抬手指了指对面的柜台。我看过价格标签后,悻悻地离开了。贫穷是一件多么悲哀的事情啊。火车站给人的感觉依旧是富丽堂皇,售票口前排着长长的人龙。整整半个小时才轮到我,售票员一脸的盛气凌人:"喂,你怎么才来买票啊,今天的票早就已经卖完了,票都是需要提前订的你懂不懂?"

　　我断断续续地说:"那,那我买明天的票。"售票员缓和语气说:"明天的票也没有了,后天的吧。"

　　我接过火车票说谢谢。转念一想,和凌然来到这儿的时候也需要提前订票的吧?缓缓地从火车站走出来,抬眼望这个陌生的城市,和我居

住的城市一样繁忙,另外没有其他的感觉了。只是这方土地上,没有惦念我的人吧。

我的视线里出现一家书店,看规模应该是城市里最大的一家了。我走了进去,不由自主地,其实我本质是爱书的啊,为什么功课读不好呢。书店三层,是童话区,我一直都爱读郑渊洁的童话。他自小功课不好,现在与几条小狗一起生活在远离市区的野外,那鲜明的个性不禁让我肃然起敬,然后迅速与他的童话产生共鸣。

窗外,街上灯火通明。是该回去的时候了,我这样想,我是奔跑着的,我心里竟如此期待着见到尚阡陌,此时发现,写童话的本早已不在我的手上,落在哪里却回忆不起来了。

回到租的房子,门没关,我径直冲了进去,房东女主人脸上稍稍晃过一丝惊讶。内屋没有开灯,心里早已凉了半截了,尚阡陌还是没有回来。我摸索着打开灯,是豁然开朗的熟悉景象。我注意到了桌上已经微冷的饭菜,几乎未动。尚阡陌躺在床上,已沉沉睡去。夜幕刚刚降临,她也许过于疲惫了吧。我熄了灯,抱住她的身体,睡眠便很是安稳。

是手机的铃声将梦吵醒,知道已是午夜十二点。但却已是无心接电话,因为胃里是天翻地覆地疼痛。胃病一直没好,持续几年了,尚阡陌是准备了胃药的,只是我不知放在哪里。

我便去摇她,一声声叫:"尚阡陌、尚阡陌……"连续的呼唤几声没有回答,备感事情不妙,然后我浑身瘫软,因为我觉察到,尚阡陌已浑身冰冷!

我想下床,因为剧烈的胃痛摔倒在地上,我爬起来,摸索着往外面跑,过程中脑袋撞到了柜子。我打开内屋的门去敲对面屋,不知是因为疼痛还是害怕,声音早已颤抖:"阿姨,阿姨,您开开门,出大事了。"

我费尽我所有的力气去砸门,汗水和泪水一起流下。屋内的灯亮了,房东女主人睡眼惺忪地出现在门前,问我:"小孩儿你怎么了?"

我已语无伦次："不好了,尚阡陌她,不好了。"看到房东女主人一脸不在乎的样子,我一阵急:"阿姨,您看看她,真是出大事了。"她点头,好,我去看看。

　　我一个站不稳,坐到地上,便没有起来的力气。有人轻抚我的头,抬起头看,是房东的小男孩。他说:"姐姐,你哭了?"

　　我问他:"你这里有治胃痛的药吗?"

　　他忙说有的有的,我去给你拿。他拿出来的不仅是药还有一杯热水,还像每次妈妈喂我药时那样吹吹气,他一边看着我吃药一边告诉我说,胃药是给他奶奶准备的,他奶奶在几个月前去世了。

　　他又问我:"我妈说老年人才得胃病的,姐姐你的胃为什么痛呢?"还没来得及回答他,房东在内屋的门口招呼我,看她的脸色便知道凶多吉少。我挂着地让自己站起来,房东女主人轻轻说一声,呼吸都已经停止了。

　　我很本能地反应,说不可能,绝对不可能。

　　她表现出的却是平静异常,缓缓地问我,是打 120 还是报警?"打120。"我不假思索地答。

　　把我的手机递给她,她就拨通了号码,此时我心乱如麻,不知下一步该如何是好。房东挂断电话,我试探着问,要不要通知她父母一下?她反问我,你知道号码吗?我说不知道,但尚阡陌的手机里一定有。她说好,你快去找。她的手机正在床头柜上,我注意那上面有一句未发出的短信,内容是"凌然,其实我真的很爱你"。我推断这是她在停止呼吸前唯一干的事,这句话事关她的死因,而这其间的故事,盘根错节。

　　房东问:"找到了吗?"我手一抖错按了删除键,我快速转到电话本那一栏,翻阅的手指在显示"老爸"的地方停住。把手机交给房东的当儿,救护车赶到,车鸣声刹那划破寂静。

　　有两个人正和房东谈话,隐隐约约听房东解释说:"不,我不是她的家属。"然后医生模样的人向她索要手机，应该拨通了尚阡陌家里的电话。

"喂，请问你是尚阡陌的爸爸吗？"一个礼貌的开场白过后，我知道某村庄的上方也响着连绵的叹息。尚阡陌告诉过我的，她的父母是日落而息的农民。又过来两个人抬着担架进屋，把尚阡陌抬了出去。打电话的医生说了最后一句话："明天能赶到吗？要尽快呀。"

救护车离开了，房东也跟着去了。我不知所措地站在门口，不远处是同样不知所措的小男孩。

我手里还紧紧地握着手机，已经握出汗来，我下意识地回电话给路诚，那边有些恼火地问我："你刚才为什么不接我电话？"我停了一会说："出事了。"他好像挺急，问我："你怎么了？"

我说："不是我，是别人。"他缓了口气说："你说话具体点行吗？不是你出事就好。"

我皱了下眉说："你怎么回事呀，出大事了。"他只好问："什么事？""死人了。"我说。他好像惊讶了一下，又问："谁？"——和我同住的人。"喂，喂，肖若儿，你可别吓唬我啊。"

"真的，路诚，是真的。"话到此处，泪水便决堤而下。

"唉，早就叫你别走……"他也许想到现在不是数落我的时候，便欲言又止，又接着说："肖若儿，你别哭，这个关头应冷静才是。现在你告诉我，从迹象看是自杀吗？"

"不是，我肯定，绝对是他杀。"路诚沉默了许久，"这可难办了。肖若儿你想过没有，你是生活离她最近的人，警方定会首先怀疑到你。你要机灵一些，千万不要让自己陷进去……"

我打断他的话说："绝对不会的，警方是依法办事的。我什么都没做自然是清白的。""话虽如此，但若是别人嫁祸于你呢？"路诚的一句话，让我心惊肉跳，我用求助的口吻问他："那么我应该怎么做？""警方问话时,千万别慌,一切都如实回答。作答的话语尽量简洁明了些。"路诚,谢谢你。""没事,我手机从来不关的,你可以随时打电话过来。还有,若有难事,及时通知家里。"

这个电话通了很长时间,挂断后,另一个电话立即打来,是房东的声音:"通过遗体检测,结果出来了,是中毒死亡。"

我的思绪开始一片空白。房东的小男孩胆怯地问我:"姐姐,发生什么事了?"

我说:"没什么,你回去睡吧。"

一段时间后,房东回来,看着我没说话。一个人自言自语说:"一会儿警察局该派人来了吧?"

她看着我问:"是自杀还是谋杀?"

我咬紧牙说:"你这话什么意思?"气氛突然尴尬。房东笑了一下,笑容诡异。

警车到时,胃部又隐隐地疼痛感。那警官没有任何表情地问我:"是你与死者同居吧,你是她什么人?"

"我……""犹豫什么,如实回答就是了。"警官眼睛一横。"唉,一言难尽啊。"

警官特无奈地叹口气,转身进了内屋。在我愣着的当儿,房东也跟着进了内屋。

胃部的剧痛使我扶着墙慢慢地滑了下去,房东家的男孩跑过来看着我说:"很疼吗?"我迟疑下后,朝着他轻轻摇头。

"骗人,你眼泪都出来了。""那是因为你,你让我想起了我的弟弟,我的家。"

十四　连环

　　警官没过多久就走了出来。对坐在地上的我说："小孩，你得和我去趟警察局。"

　　"为什么？"我一脸的不解。

　　"有一些情况，只有找你才能掌握清楚。所以，请配合警方工作。"

　　我点头说好，我随你去便是。我才发现，走出来的只他一个，其他的警官还在屋内。屋外是满天星斗。

　　在车上，警官问我："从陈女士，也就是你的房东那里得知，你走之前，尚阡陌同学一切安好，待你回来时就已是死亡。可不可以把你出去的时间和办事的内容，以及发现尚阡陌同学死亡的过程告诉我呢？"

　　"我在下午的时候出去，大概在三点。我想回家去，去买火车票。但今日的火车票早已售完，我就只好订购了后天的。事出无奈，我也就只好回到尚阡陌那里去。半路上，去了新华书店看了一会儿书，一直待到闭馆。到那里已经是六点半了，因为走的路太多，就睡得很早。直到晚上被胃痛闹醒，才发现她出事了。"在我一边组织语言，一边把这段话断断续续地讲给他听的时候，已经到了警察局。整个夜色里，唯有这幢楼亮着诡异的光。

对。寒冷而诡异的光。

警官看我连着打哈欠，无奈地摇了摇头。他也许觉察到再问话也问不出什么了，终于说："今天就到这里吧，也许明天还会要找你。"

我长长地出了一口气，站起来准备告辞。警官让我留步，说："调查工作还没有进行完，何况你居住的地方还隐藏着危机。所以你今天就暂时住在这里吧。"他顺手指了指办公室一角的单人床。

我点点头，又摇摇头。

他没看我的反应就熄灯出去了。粗心的警官啊你有没有想过，我怎么可能睡着呢？我不睡，我都已经心乱如麻了，潜意识里一直在想着一些事。

如果我的推断正确的话，这一切都是由于那个人而造成的，那个人是凌然。在这之前尚忏陌也说过"我发现了他的一个秘密，他想害我"。

明天，不，今天我就应该去找他才是。这样想过后便又是迟疑了，路途太远，地形太陌生了。我只知道去那家酒吧找他，可万一他不上班呢？如果我的推断正确的话，他也一定会连夜逃出去吧？

无论怎样我都应该去那里找找看才是，于是我推开门，沿着漆黑的楼道奔了出去。在一楼处，发现门卫刚好睡着。我随着他那略微发福的一起一伏的身体放慢了脚步，轻轻地往大门那里挪动着。

待走近了才发现，门的把手上是拴着一把大锁的。我耸耸肩，看来，只好明天再去找他了。只能悻悻地走回去，躺在床上辗转反侧。无端的黑夜让我一阵惶恐，因为突然发觉，一路走来，我把许多人都弄丢了。

寂夜里，手机铃声再一次响起，马天宇的声音很好听。"手心仍有一丝温柔残留，孤独的夜是谁让我等候，何时微笑变成一种奢求……"

那是一直打过来却一直被我拒接的来自家里的号码，我颤抖地按下了接听键。

那边与这边一样，是一段很长时间的缄默。然后那边说："路诚打电

十四 连环

091

话过来了,宝贝我现在很担心你。我真的,很担心很担心你。请让我见到你好吗?我可以什么都不说,不责备你,并且还会为你的勇气和生存能力赞扬你,我完全听你的话。"

"妈妈……"我轻轻地唤,努力地叫得好听一些。因为第一次被称作"宝贝",我受宠若惊了。我想哭但我不能哭,哭了的意思就是想家了,就代表我当初的选择失败了。其实我是多幸运,我没有死去。而陌生城市里那么好,萍水相逢能给予我温暖的姐姐不在了。想到这儿我还是那么想哭。

我接着说:"妈妈,我想回去了,我都已经买好了火车票,是后天的,可我现在却又不能回去了。这与我有关。要是姐姐的灵魂回来了,在这么冷的地方,她会害怕的。"

妈妈说,你真的长大了。我觉得她如果看着我说的话眼里会有感动的光彩。

这个温暖的想象给我安慰。

"我明白你的做法,我明天会过去,也许你会需要我。"

"真的可以吗?""可是宝贝,你现在在哪里?"

在哪里?我怎么可能说清楚呢。我告诉了她城市的名字,房东的位置。我总不能回答她"我在警察局吧"。妈妈来就真是太好了,她的业余爱好是写作,是写推理小说的。她一定会搞定这一切,然后我们一起回家去,我会一直待在那里,我不会跑出去,再也不会了。

我以为我会彻夜难眠,却是很快便入睡了,梦里的翌日是难得的艳阳天。

被轻微的敲门声惊醒的时候,已是太阳当头了。警官看了一眼坐在床上的我,皱着眉摇了摇头。

"进展怎么样?"我问。

"很棘手啊,桌上的饭菜里检查出了亚硝酸钠的成分,她床头的水杯里有氰化钾。而她本人所中的毒，却是迷魂药。"

"那么，这能说明什么呢？""凶手很恶毒啊，若是迷魂药不可能导致她死亡的话，她喝水吃饭后服下另一种毒药，就会马上毙命。""你们怀疑谁呢？"

警官没有直接地回答我所提的问题，他说："饭碗最外层的指纹里，有死者与房东的。这说明死者被害的那天晚上是端起过碗的，我所不明白的就是，为什么她端起过饭碗却没有吃饭呢？"

我不屑地笑了笑说："这还不好想吗？是尚阡陌吃过之后，毒药才被下进去的呗。"

"我当初也是像你这么想的，可这做法企图是什么呢？难道想害你吗？"见我的身体微微一颤，他邪魅地笑了，说："可我了解到，你是从来都在外面吃的。"

我还想问什么，可他摆了摆手。"我困了，得睡一会儿了，过一会儿有人去那里询问当天下午房间里所发生的事。"

躺在床上他又嘿嘿地笑出了声音了，说："我说你这个小鬼，还挺好奇的呢。"

我愣了一段时间，然后推开门，撒丫子往外跑去。

方向是我与尚阡陌"相濡以沫"的处所，因为有爱而温暖着的"家"。

我准备挥手拦一辆出租车，可又突然想起身上已没有足够的钱了。我还是以原速度向前跑着，没过多久就已经气喘吁吁了。

我奔进一家规模不小的网吧，却被拦在门口。"有身份证吗？"见我摇头，他说："对不起你不能进去，你还太小。"

我习惯性地把双手合在一起央求他说："放我进去好吗，我真是有急事。"

正在这时，一位陌生人很自然地把手搭在我的肩上，说："为什么不让她进去，这是我女儿。"

进去后,我转头问她:"阿姨,你为什么要帮我呢?"

"我看出来你很着急呀。"陌生人莞尔一笑。

我顺手开了机,再想说句感谢的话,可却不知她去了哪里了,离开的速度真快,连再见也没来得及说。

我在百度搜索里打下警官所说的三种毒药的名字,并向旁人借了纸笔,记下了相关信息——

亚硝酸钠有较强毒性,人食用 0.2 g 到 0.5 g 就可能出现中毒症状,如果一次性误食 3 g,就可能造成死亡。亚硝酸钠中毒的特征表现为紫绀,症状体征有头痛、头晕、乏力、胸闷、气短、心悸、恶心、呕吐、腹痛、腹泻,口唇、指甲及全身皮肤、黏膜紫绀等,甚至抽搐、昏迷,严重时还会危及生命。

误食亚硝酸钠会中毒的原因是人体中血红蛋白所含的铁是亚铁,它能跟氧结合随着血液循环,将氧输送到身体各部。当误食亚硝酸钠后,在血液中发生了化学反应,使血红蛋白转变成三价铁的血红蛋白。三价铁的血红蛋白不能携带氧,因此造成人体缺氧中毒。此外,亚硝酸钠还是致癌物质。因此,误食亚硝酸钠对身体健康的危害很大。

氰化钾危险性类别:最毒的毒药,如从口腔进入体内,顷刻毙命,无生还可能。极度危险,小心使用!

侵入途径:

健康危害:抑制呼吸酶,造成细胞内窒息。吸入、口服或经皮肤吸收均可引起急性中毒。口服 50 ~ 100 mg 即可引起猝死。非骤死者临床分为 4 期:前驱期有黏膜刺激、呼吸加深加快、乏力、头痛;口服有舌尖、口腔发麻等。呼吸困难期有呼吸困难、血压升高、皮肤黏膜呈鲜红色等。惊厥期出现抽搐、昏迷、呼吸衰竭。麻痹期全身肌肉松弛，呼吸心跳停止而死亡。长期接触小量氰化物出现神经衰弱综合征、眼及上呼吸道刺激。可引起皮疹、皮肤溃疡。

环境危害：本品不燃，高毒，具刺激性。

迷魂药：有许多专家学者对此提出质疑言称没有这种药物。迷魂药又称蒙汗药。

迷魂药（迷幻剂）配方

春秋战国时代，一名医，扁鹊开天下之先河，将蒙汗药用于临床。《列子·汤问篇》——记载"鲁公扈，赵齐婴二人有疾同请扁鹊求治，扁鹊遂饮二人迷酒，迷死三日，刳心探胃易而置之，投以神药，既悟如初二人辞归。"经考证这迷酒就是指含有蒙汗药的麻醉酒，所谓迷死则指麻醉药发挥作用使人暂时失去知觉，而神药却是指具有解毒救治功效的催醒剂。

迷魂（致幻）幻觉有幻听、幻视、幻嗅、幻味、幻触……以幻听幻视常见，幻觉，是指在没有相应的客观刺激作用或感觉器官时产生的不正常知觉，是一类能引起拟精神病症状的药物，服用后可出现思维和行为的改变。

服用量过多可导致死亡。

十五　开悟

在这里寄住的几天里，从来没有人登门拜访过房东一家。而现在却因为一起谋杀案变得如此热闹非凡，听起来像讽刺一样。

我像平时那样大摇大摆地往内屋走，却被一个警察装束的男人挡住，他没告诉我挡住我的理由，只说："暂时不能进去。"

唉，我现在的生活可真是不爽，走到哪儿被拦到哪儿。我对拦住我的那个人说："你们若是还在检查指纹的话就赶快放我进去，我就住在这里啊，所以这儿到处都是我的指纹。"

那个人两眼瞟向屋檐，根本没听我说的话。我只好拉了拉他的衣襟，用撒娇的口气说："叔叔，这个屋子里有对于我来说很重要的东西，我有权利把它拿回去吧，您说呢？"

他的眼神终于回到了我这里，他回答说："是什么东西对于你这么重要？也许我会帮你拿出来。"

"Disney 笔记本。"我告诉他说，"写字台上封面印有米老鼠图像的两本笔记本。"

他进屋了，而拿给我的，却只有我用来写童话故事的那一本。"对不起了小姑娘，那另一个本子已被列在警方的清单内了，你不能拿走它。"

我的绿纱时光

我点点头。

后来，我才弄明白"清单"的意思，是因破案工作而在受害者在房内拿一些东西可以提供线索的东西，把这些东西列在一张纸上给死者的亲属，数日后按单归还。我远远地看着他们。

"可是，你们就可以拿走它吗？"我说话时，眼前又出现了另外一张饱经风霜的瘦男人的脸。

一组人已经出来，当头的那个一手拎着一个布袋，另一只手把一个纸单交给瘦男人。想必，这就是尚阡陌的父亲了。他是那么苍老。比爸爸和叔叔都要苍老。无神的眼睛盯着厚重的大地。姐姐是他的全部希望啊！

"你好像和我女儿走得很近，你究竟是谁啊？"瘦男人和气地问我。

"这个……"我想了一会儿，说，"我从家里跑来了，别的地方都容不下我，只有尚阡陌姐姐允许我与她住在一起。"

"我会帮你们的。"我接着说。

"怎么帮？"瘦男人问道。

"我可以帮忙破案。"我一字一句地说。瘦男人苦笑了一下，然后马上又恢复到了原来的苦楚表情。我不由自主地，陪着他长长叹了口气。我们都不说话了，因为警官正与房东谈着什么，我们都倾听着。房东说话速度很慢，不带任何感情色彩：

记不太清是下午几点钟了，尚阡陌的手是一直被男生挽着的，但可以看出来是极其不情愿地。

一段时间后，听到内屋里有两个人正在争吵，但我没有注意争吵的内容。然后男生走出来和我说，尚阡陌饿了，让我做饭给她。而我去厨房里发现，已经没有盐了。我想也许我忘记了把它放在哪里，可并没有找到。于是我去叫我的儿子，让他

十五　开悟

帮忙买。

　　端给尚阡陌的饭菜里用的是男生递给我的一小包盐,当时接的时候并没有多想。做过饭之后,是男生端进屋内的。那个时候屋里已经安静了。再没过多久,男生就离开了。

　　话到这里基本上已经结束,后来的事我都知道了,警方也知道了。

　　"你在说谎!"我因听出了破绽而显得十分激动。

　　"你个小屁孩瞎掺和什么?"房东看起来有点恼羞成怒。而问话的警官示意我继续说下去。

　　我得意扬扬地大声咳嗽了一声,然后径直走到房东跟前,故作礼貌地问道:"您说,是凌然给你的那包亚硝酸钠,被您误认为是食盐放在给尚阡陌的菜里。那我可要好好问问您了,为什么您家的饭菜里没有发现亚硝酸钠的成分呢?"而房东的表情很是出乎我的意料,还是那般地平静似水:"这也是我想说的,我用过之后放在了炉灶旁边,可是凭空消失了。我想也许被男生拿走了吧。晚上我是叫我的儿子去买盐的,你们可以问他。"

　　而这时的我当场泄气儿了。记录的警官很突然地问我:"小姑娘,你是否知道这个叫作凌然的男生的地址?"

　　告诉还是不告诉?我犹豫着。坐在角落里沉默许久的尚阡陌父亲说:"别想了,我知道你不可能不知道的。"

　　看着那双深邃的眼睛,我被感动了,那眼神里全是失去女儿的苦楚,没有一丁点儿对凶手的怨恨。我不得不说了。我发现我有点害怕得知真相了,一切都往不好的方向去了。

　　告诉他们的,是第一天去的那间不大的房子的地址。听到警车启动的声音,我终于松口气了。我知道,凌然是不会在那里的。我转身想对房东说点儿什么,看她那怒气冲冲的样子,摇摇头想还是算了。我挥挥手把房东的小儿子叫了过来："一会儿,会有个温文尔雅的女人过来,她若问起我,你就告诉她说我会在市新华书店与她相见。"

男孩儿点头说:"好,我会做到的。"

我把笔记本紧紧地搂在胸前,跑出去了,屋里的人一定不会想到,我要去哪里。他们也许会猜到因内急要去弄堂顶头的公共厕所。其实我要去那家熟悉的酒吧里,我要去见凌然。我要跑快点了,我早就该去那里才是。

此刻异常想见到他。

于是脚步飞驰。周围的空气都变得无比清新与明朗起来,可是我心里的紧张完全没有因为好空气而放松一丝一毫。

我的整件衣服全都湿透了。

十六　臆想中的真相

看到他这副失魂落魄的样子,我突然想流泪。他没有弹吉他,也没有喝酒,就这么一个人呆呆地坐着。今日的酒吧生意看起来不太好,冷冷清清的。

我选择坐在了他的对面,一直盯着他布满血丝的双眼。"你都知道了?"片刻后凌然这样问我。

"是,都知道了。"我说:"你害死她,是因为她发现了你的一个秘密。你在城市与城市之间穿梭着,实际是在贩毒对不对?"

我冷笑了一下继续说道:"所以你可以轻易地弄各样的毒药,你把我支开后作案,还想嫁祸于房东,你开始想用剧毒的氯化钾,但是最终没下去手对不对?"

"对,你说得都对。"凌然的目光突然变得格外温柔:"像你那么说,我竟是如此的不堪与恶毒啊。迷魂药的毒性还不够强,我只是想让她安静一下,不要与我吵了。没承想她的身子骨竟会是如此虚弱,上苍造化出一个如此美丽的女孩儿,机遇却不偏向她啊。"

我又冷笑了一下,说:"都现在这个节骨眼儿了,你怎么还在装好人?若真像你说的那样,在她沉睡后,你为什么没有处理掉氰化钾与亚硝酸钠。其实你在想，若是尚阡陌能醒来的话，一定会吃晚饭。到那个时候，焦点就是房东了。你凌然就可以逍遥法外，继续风花雪月了是不是？难道你还不够恶毒吗？"

看着他欲言又止的样子，我接着说道："她一定劝你去自首，你不应。你们俩因此吵了起来，当然，尚阡陌不会去揭发你，她只会去引导你。但你却还是怕走漏风声从而害死她，一切都在预谋之中。因为你知道，一旦这事被警察知道，那就不可避免地判死刑了。"

凌然听罢歇斯底里地狂笑起来，笑过之后说："你这个故作聪明的小孩儿还真是有意思啊。好了，别瞎操心了，我开始听不明白你说的话了。"

"别演戏了，警车都已经去你家了。你早晚都得被绳之以法的，又何必这样呢？"

"去我家？我就说嘛，这帮警察也真够傻的，你叫他们去他们就去呀？"

"你的话什么意思？"我迷惑地问他。

"肖若儿，如果是我的话，我还会乖乖地坐在这里，等你们来吗？"

我一愣，心想，难道我煞费苦心的推理错了吗？那若不是凌然的话，还会是谁呢？我摇摇头，说，我不信你说的话了。

凌然低下了头，用很低的声音问我："那么当初，你为什么跟着我跑出来呢？"

"你以为我会像尚阡陌那样，会一直相信你吗？"转瞬我又冷笑了一下："你以为她是真的相信你吗，她端起饭碗，但是没吃。那时候起她就怀疑了。"

凌然没说话，我也没说话，是啊，当初我固执地认为与凌然是同样的人，并曾为我们之间的小默契而无比欢喜。

可出了这样的事情，我第一个怀疑的对象是凌然。我宁愿相信陌路人警官们的话，也不愿相信他的话。

十六　臆想中的真相

101

原来一切臆想中的事情,都是错的。当初跑出来做梦也没想到,会遇上这种麻烦事啊。

再去看他的时候,他眼里溢满了泪。"肖若儿,你的推理只对了一半,你要相信我,无论怎样我都不会害她。"

我没有与他继续说下去,而是逃也似的冲出门面外。全都乱了,我现在只想回家,和我妈回家。都快到书店了,我停住脚。忽想起凌然说,我的推理对了一半,那对的又是什么呢?

因为太重要了,我往回跑时竟然没有一丝迟疑。凌然还是呆坐在那里,看见我来并没表现出惊讶,他这个样子反而让我惊讶了。

"肖若儿,我拨110了,我自首了。一会儿他们就来。"

凝视着他那张棱角分明的脸,我沉默了。"有件事要拜托你,把这个,代我给尚阡陌的家人。"他手里的东西是一张房证,和我所猜到的一样,户主已成了尚阡陌的名字。

警车尖锐的鸣笛声由远及近,透过玻璃墙看到了外面两个拿着手铐的警察下了车。凌然表情波澜不惊地看着他们,然后微笑着喝下摆在面前好久的酒。

"把……我的……吉……他……拿走,带……着……我的……梦,去飞……"他说完这句话就倒了下去。

那是氰化钾,没什么大惊小怪的。我泪眼婆娑地问凌然:"你让我飞?往哪儿飞呢?"

警察看见了我想问我什么,我推开他跑了。你们自己来吧,我可不想掺和了。在这个城市里和我有关系的人都离开了,再询问什么他们也不会回来了。即使让别人都知道事情的前因后果,破了案,你们可以庆祝一番,两个家庭可以了结一下。而我又何功何德呢?

最让人难过的,是看到这些美丽的生命一个个死去了。那是一颗颗鲜活的能创造出无比美妙东西来的跳动的心脏啊,还有能看到星星,看到月亮,看到一切美好事物的眼睛。

但我是高兴的,有一点点,再回那里一下,我就可以回家了,我终于可以安心地回家去了。妈妈也许等了很长时间,因为与凌然进行的谈话太漫长了。而她却没看出一丝焦虑,平静似水,但这种平静与凌然的平静是截然不同的。"妈妈,妈妈……"太多的委屈的失意的后悔的眼泪夺眶而出。是的,在她面前,没有必要再掩饰什么.她的眼圈也有点儿发红,她告诉我说,我又长高了。

我笑着闭上了眼,两行泪水流到嘴角。那泪的滋味,就像现在心里的滋味。

我要爱她。爱自己。

珍惜得到的一切。

"我都知道发生什么事了,如果我是你的话,我也会这么做的。"

我问她:"我都做了什么了?""很冷静,很沉稳,很执着,想帮别人渡过困境。你很善良,绞尽脑汁帮忙破案,你很热心。我以你为荣。"

我把 Disney 笔记本双手递过去:"妈,我没白跑出来,这是我的收获啊。我那雪藏多年的天赋,终于被认可了。"我们俩是一边说话一边走着的,我没有告诉她要去送东西给尚阡陌的父亲。可是行走的方向却一致地去房东那里。尚阡陌的父亲正在整理女儿的东西,能看出他的手是微微颤抖的。我站在屋外好久,发呆了好久,恍过神来才轻轻地走了过去。我必须保持礼貌,父亲在女儿的房间里,此刻我是外人。

"这也是属于尚阡陌的东西,您,不,请您收好。"

他把房证翻开来,长长叹 口气说:"在这个人生地不熟的地方,拥有一幢房子又有什么用呢? 是他叫你给我的?"

不用他解释,我也知道他话中的"他"是谁。"是的,是他拜托我把这个给您的。他现在,已经死了。"

他又长长叹了口气说:"早知如此,当初又何必干这种损人不利己的事呢？"

"那么叔叔，我现在告辞了。"

"姑娘去哪里呢？"

"嗯，我该回家去了。""还是回家好啊，家里也都等着我和丫头回家去呢。"一番话让我心酸得难受。

我妈在大门外等着我，等着我垂头丧气地往外走。背着的吉他好像格外沉重，压得我喘不过气来。"我都瘦了，妈，我好久没好好地吃一顿饭了。带我去吃饭好吗？"

快餐厅的大牌子太张扬了——KFC，在这之前，是从来没来过的。我妈看我傻站着不动，便指着靠窗的桌子叫我去那里等，她来帮我点。

我往薯条上涂着番茄酱，像是对待一件工艺品。然后在低头的那一瞬间泪水又流了下来。我揉了揉眼睛和我妈说："我只是想到，尚阡陌姐姐也从来没来过这里。"

"都过去了，别再想了。"

"是的，都结束了。"我破涕为笑了。

"你真的以为什么都结束了吗？"她盯着我的眼睛问。

我嘴里咬着薯条但迟迟没有咽下去，我疑惑地看着她，然后又说："不提醒我还真忘了呢，我应该去看一眼尚阡陌的遗体，和她说再见。"

我妈摇着头说："不可以，除了死者的家属，谁都看不了。我们为她默哀吧，不用时间太长，但一定真诚。"

十七 了结

"您刚才说的话,我没太明白。"

"你没觉得有点奇怪吗?"她故意卖了个关子。

"哪里奇怪了?"我预感明天好像不能回去了。"从迹象来看,当时尚阡陌对凌然早有防备。而若是凌然对她下毒的话,又利用什么呢?"

我一下就愣住了,回想我推理的过程和警方破案的过程,都忽略了凶手是如何下毒的。

"看来,妈妈是大师级别,而我只是入门级别啊。"她苦笑了一下,笑容有点勉强。

"肖若儿,尚阡陌在那之前说过什么话吗?""她说,想让凌然改邪归正,具体的没说。她手机里还有一条未发出的短信,是发给凌然的,内容是——其实我很爱你。"

她的眉头是紧锁的,我和她一起沉默着。我大口大口地咬着汉堡,一边再观察我妈脸上表情的变化。

我吃到再也吃不下去的时候,她还保持着刚开始的那个表情。这种境界叫人不得不佩服。

"也许我知道了,走,我们还得去趟那里。"

我还正迷糊着呢，手却已经被她拉住了，她看上去有些着急："你倒是快点啊。"

我走出 KFC 餐厅时，我妈已经把出租车叫好了。

再回到那里时，尚阡陌的曾经的"家"已经空了，地上摆着的，是一个大大小小的包裹。瘦男人已经看见了我们，我妈用手示意我等在这里，上前一步和瘦男人说："你若是想知道真相的话，就再麻烦警方一下，检查一下你女儿的嘴唇。"

"嘴唇？"我和那个男人一起发出了疑问。

"到时候，你就知道了。"我妈走过来，牵着我的手离开了。

"为什么不说清楚点呢？"我问她。

"结果出来，他就全知道了，何必用我多费口舌呢？何况，这事儿口述不太好说呢。"

"究竟是怎么一回事儿？您告诉我行不，我想知道我错哪儿了？"

她想了一下说："那就告诉你吧。下毒的方式是亲吻。凌然的吻让尚阡陌旧情复燃了。"

"亲吻？""对，就是亲吻。毒药在凌然的嘴里……"

她没有继续说下去，以后的不说我也清楚了。我还是把我最后一个疑问提了出来："那么，为什么凌然没死？"

"凌然有解药，而尚阡陌没有啊。"

"我想，他本来想和她一起死去的。有的时候爱很冲动，很激情。可后来他还热爱美丽的生活，想继续活下去，就把自己救活了。"

"妈，我有点后怕。"我第一次对人生产生了恐惧。

她浅浅地笑了一下，过了一会儿才说："这样也好，正好我在愁怎么克你的乖张呢。"

我也笑了："那么，我们明天可以回去了吧？""怎么，你还没待够？"

"够了，够了……"我一连说了好几遍。

接下来我妈带我满城转悠，买的东西都让我拎着。还逼着我说"甘愿受罚"。

她故意走得很快，然后在很远的地方等着我。一副幸灾乐祸的样子。

我假装是欢乐的，因为和妈妈重逢了，但还是心里有重重的东西压着。就那么一条鲜活的生命，她那么美丽，那么好，就这样消失了，再也不会出现了。前一阵我们还开开心心交谈呢，现在却再也拥抱不了她了。

我故意把东西全放在地上，然后再一屁股坐到地上说："不行了不行了，我走不动了。"

她没往前走，也没过来拉我。只是低声说了句，真没出息。看我没有要起身的意思，她便走了过来，拎起两个稍微小一点的袋子和我说："我也走不动了，我们找个旅馆住下吧。"

是三星级的，双人间。我赖在床上不肯起来，我的眼睛是闭着的，里面有泪。我不想让她看见的，但是有点多余，也许我妈根本就没注意。

"尚阡陌的爸爸也没有想象中的那般悲痛欲绝呢。"我发出这样的感叹。

"你以为呢。再何况，还是个女孩子。"

泪随着这句话流了下来："正因为是这样。所以您，当初才选择那么狠心地离开。"

"太多事你还不懂，你要通过不断努力而创造你自己的价值，这样才不会被人看不起。"

我在想，这句话的意思是，当初是看不起我的。那么现在呢，看得起我了吗？可是我为什么叫别人看不起呢？

太累了，这几天一直很累。不管是内心里的还是身体上的。想当初我只是坐在教室里就可以了，哪怕是身在曹营心在汉。又有哪一次，我妈因为学习成绩而训过我呢？我才想起来问学校的事："妈，田老，不，班主任没打电话给您吗？""请假了，你明天还可以在家里休息一天，

十七　了结

107

后天去。"

"不必了，我明天去上学吧。"

"到家的时候，学校都快放学了。反正你也不学习，待一天又何妨呢？"

心里的味道的确和眼泪一样，咸咸涩涩的。我变得沉重丰富起来了。

十八　缄默

　　正如我所向往的那样,尚阡陌轻轻地敲了敲虚掩着的门。没等说话就已经甜甜地笑了起来。我最希望的就是时间像这样过去,再曼妙不过了。

　　她在我旁边坐下来,掏出数学课本。好像一切都没发生过一样。梦里她穿着一件落地的长裙,复古式的。像宫廷里的领舞。太漂亮了,太明媚了,就像是万紫千红中的一朵奇葩。我想起一句诗,那应该是李清照写的。"造化可能偏有意,故教明月玲珑地,共赏金尊沉绿蚁。莫辞醉,此花不与群花比。"

　　你太明媚了,你真的是太明媚了,明媚得都把我的眼睛刺疼了,看不清你的脸了。

　　梦境就此停止,然后就换场景了。原来,梦里的相逢都这样地短暂,就像我们一起度过的时光。只有追忆最长。而这"最长"的追忆,又能持续多久呢? 刷牙时,我对镜子里的我说:"肖若儿,你怎么一脸的倒霉相呢。谁离你的生活最近,谁倒霉。"

走出洗手间，我妈走了进去。"你是不是没睡好？怎么无精打采呢？"她问我。

我摇了摇头，去大厅里吃早餐了。我没有急着动筷子，坐着一动不动地等着我妈过来。

直到她拍我的头："你怎么了？和平日不太一样呢。"

"没什么，只是一开口就说犯思想错误的话，所以我不想说话。"为什么会这样？和尚阡陌在一起的时候，有时都可以一天不说一句话。不是没说的，是没说话的必要。也许除了她，谁都做不到。

"该走了。"我坐在床上发呆的当儿，我妈这样说。我很主动地把所有的东西都背在身上，袋子却被我妈拽住了。我就也很配合地松开手。最后她留给我的，只有那把吉他。我小心地擦了擦上面的灰尘才背在身上。吉他并不是很重，完全可以忽略不计的。可为什么昨日却那般沉重呢？

这次可不像来时那般顺利，已经没有空着的座位了。车开动时，我的身体往旁边晃了一下，险些跌倒。我妈在旁边看着这一幕，然后扑哧一声笑了。我不解地转过头去看她，她说："你小时候也总是这样。那时候你还太小，只能扶着我的腿掌握平衡。其他乘客不用太费力气就把你抱过去坐在他们那儿了。如今，你都长这么大了。"

我一下子就愣了，我问她："是这样吗？我一点儿印象都没有了。"

"你很多事情都不记得了。可你小时候缺失的记忆，在我这里都能找得到。"

我再一次摇摇头，表示没明白。"你继续你的缄默吧。有些事听不明白，只得自己想。"

我迟疑了一下，然后问："你怎么和他们说，才来这样找我的。"

"该怎么说怎么说呗，我就要接肖若儿回家。开始，他们俩也想跟着来呢。"

"可那时候,你们都知道我这里都发生什么了。""如果你是我们,会相信你一个人也会保持冷静,不是吗？"我用力地点着头。

"同样,我们也会。"火车停下了,我又向旁边晃了一下。我妈去拿行李架上的东西,才晓得,已经到站了。

夜深了,城市里人们都已经相继入梦,马路上来往的车辆都少了。也不是灯光如昼,昏黄的路灯只要照亮我回家的路就可以了。其实灯光也没有必要,因为这个城市太熟悉了,所以闭着眼睛都能够找回家去。

"走着回去吧。""我也是这样想的。"我摸了摸衣兜,家里的钥匙一直都装在里面呢。都带有一丝暖暖的温度了。我把它拿出来握在手里,已经到达小区的门口,也许下一秒钟,我就要飞奔到楼上去了。

可没想到,我妈妈却撒丫子往前跑了。也许拎着的东西太多,她的速度很慢。一边跑还一边朝我喊:"比赛,比赛,我要和你比谁跑得快。"

我听了之后哭笑不得:"您挺大岁数了,怎么还跟小孩儿似的呢。"

当我们两个气喘吁吁地出现在家门口时,望望莫名其妙地看着我们俩一会儿,然后龇着牙笑了,笑得那个甜蜜。

"饭都做好了,就等着你们俩回来了。"男人说。不,如果我现在可以叫他一声继父的话。

"望铉,怎么还不睡？"这是我妈到家里说的第一句话。

"我在等妈妈回来,我要和妈妈一起睡。"

我注意到她浅浅地一笑,那种笑容里只有父母亲的脸上才可以找到的。

"妈妈明天陪你睡好吗？"她接下来才把眼神落在我这里说:"若儿,带弟弟去睡觉。"

望望听话地把两只胖乎乎的小手放在我的手里,说:"姐姐,我们走吧。"

我握着他的小手走开了,一直把他送到他的房间门口,道晚安后离去。

　　不久,厨房的灯也熄了,一切归于寂静。我没有拉窗帘,是光溢进屋里,照亮了那把吉他。

　　我在床上辗转反侧,干脆把书包整理一下吧。

　　我要上学,上学,和别的孩子那样。证明给妈妈看我不比别人差。

　　我可以过平静刻苦的生活。

十九　花开过处　回味依然

去厕所时,正路过妈妈的房间,忽听见里面有很小声的对话。好奇心促使我趴在房门上很仔细地聆听。"这孩子必须得管了,这事若是一传出去,别人不笑掉大牙才怪。"

"算了,波豪。没那么严重,起码她还是个孩子。"

"孩子,孩子,你总是这么说。还不够麻烦吗? 前一阵成天不着家,去看班里的男同学。然后说走就走,发生这么大的事也不亲自打电话给家里。也太没教养了吧? "

我一下子愣在外面了,一定要按他们所说的那样去办事,按照他们所划定的范围去生活,才可让他们满意吗? 大人们的想法有时候真的是很奇怪。

听到这里就好了,接下来所说话的内容,猜都能猜到了。

潜意识里久久不肯入睡,是有原因的。我在等电话,路诚的电话。已经快到凌晨一点了,我想他也许早已睡去,因为疲惫而错过和我说晚安呢。可这种情况,从来没发生过。

还是忍不住把电话拨过去了,那边好久后才接通,"路诚……"意味深长地低声唤了一声。

"肖若儿。"那边也是用同样低的声音。

"我回来了,我想见你。"

"手术提前了,也许近几天不可以,但愿我们会快点儿相见。"

"为什么会这样?"

"再说吧。还有,也许这几天不能打电话给你了。晚安。"

手机屏幕上显示通话结束了,我沮丧地拿着它,并悠悠地对着它说:"本应该有太多话题的,你为什么这么着急?"

是你最起码也应该问一下,事情进展的情况啊。何况你不是别人,你是路诚,是我的半个生活啊。因为这一个电话,我失眠了。

虽然我也有错,在你最需要关心的时候,离家出走了。没陪在你的身边。

但我回来,就是补偿这种感觉的。你不要躲着我,不要离开我。我们的心越来越远了。

裕忏忏呢,想必此刻正在梦中杀人吧?也许睡相相当不雅观,会流口水吧。一想到那熊样儿我又笑出声了。

这时有很轻的敲门声,我说:"进吧,门没关。"穿着不合身的睡衣,手抱着一只毛绒玩具熊的望望出现在门口:"姐姐,我和你睡吧,这样我就不会梦到鬼了。"

我无奈地翻身下床去,利落地铺了一张地铺。"姐姐,你叫我睡地上?"

"哦,不是,你睡床上,我在地上。"

"不行,你要和我住在一起。"望望已经跳到床上,毛绒玩具熊已被他随手扔到一边去了。他把身体往一边挪了挪,招呼我过去。

我只好收起地铺,再扔过去一个枕头给他。待我躺下,他把嘴贴近我的耳朵说:"姐姐,有件事情,你可能永远不会知道。"

他卖了个关子继续说:"你是天赐给我的。"

"天赐？"

"我好想有个姐姐啊，所以我一直都在真心真意祈祷，于是天都被我感动了，你来了。"

"好了，睡吧。"说着话的时候眼睛已经是闭上了的。若所有珍惜的理由都像这样，那该有多好。简直就是童话。望望的胳膊将我的腰环住，我都不能翻身了。唉，真是个很难缠，却又是惹人怜的小孩儿。

我是在天蒙蒙亮的时候醒来的，距上学的时间还有两个小时。我轻轻地把望望的小胖手拿了下去，蹑手蹑脚地走到写字台前。

我翻了翻英语课本，并推测课程应该进行到哪儿了。也许，马上就该进行下一个单元了。我发了一个短信给小迷糊裕忏忏，问她英语课的进程。她很快就回复给我，内容是——"真是太阳从西边出来了啊。"马上第二条短信也跟着过来了——"没讲课，就讲那张破考试卷了。老师讲课热情那才高呢，是唾沫星子满天飞。她这一抬头，整个第一排都湿了，一低头，第二排也湿了。幸亏我坐在第三排。"我捂着嘴偷偷笑了，正想着发点什么，她的第三条短信也到了。那速度不得不佩服，都可以被称为达人了。——"你跑到哪儿去了，你再不吱一声我还以为你死了呢。"

我回她——"基本上都可以算得上死过一次了。我这是置之死地而后生。"——"你别贫啊，你快说，我急得都想砍人。"——"那可是传奇啊。你别急，待会儿我慢点儿和你说。我怕你消化不了噎着。"

——"去你的传奇吧。何等传奇经历安在你身上那都是坎坷。"

我已经输入了"是，你的人生多平滑呀跟你的大脑一样。"想了一下在发送前给删了，然后关机。我就愿意和裕忏忏侃，因为我侃不过她。我也最不愿意和裕忏忏侃，侃起来就没完没了。

妈妈推门进来了，叫我去吃早饭。她又走到床边看了看熟睡的望望，好像自言自语又好像在和我说："去他的房间没找到他，我就知道，一定是来这里了。"

115

我伸个懒腰站起来，走出去了。五大三粗的男人端着漱口杯从门前经过，我问了声："段叔叔好。"他尴尬了半天才说："肖若儿好。"

　　然后我们一起笑了。好像昨晚的那些话，他不曾说过，我也不曾听见过。那就假装一切都没发生过吧，这才像一个家啊。

　　我是有责任去爱它的。

　　上学的路上，脖子被人揪住了。力气可真大，让我一连后退了好几步，一屁股坐到地上。然后裕忏忏那张嬉皮笑脸对上我气急败坏的脸，我没忍住扑哧一声乐了。

　　我说她："你怎么老是这样风风火火的，一点儿老实气儿都没有。"

　　"我哪有你能折腾啊，一会儿炝蹶子了，一会儿又说上天堂了，然后又玩失踪。你挺能耐啊。"

　　我一挂地站了起来，照着她的胸口打了一拳，说："你拽什么啊拽，少说几句吧别累着。"

　　"不怕累着，就怕被憋着。"看着她没心没肺的傻样，我真找不到什么话去回击她了。

　　到教室后，裕忏忏坐在我的旁边，听我讲凌然和尚阡陌的故事。她听得很投入，没有打断过一次，她的这种安静是少有的。在我的讲述终了的时候，裕忏忏双手合十作祈祷状说："上苍造化出这样痴情的女子，死了真是可惜了。"这两个人就像我生命里的过客，一闪而过，然后就香消玉殒了。那积压在心里的故事，也只能在裕忏忏的旁边才能够释放出来。

　　可那却像心中开过的花海，花香过处，回味依然，我不想忘记，不会忘记。唯愿余香一直都在。

　　我真怕失去它们。

　　这是天下第一怕。真的。

二十　如果真的可以

　　裕忏忏邀请我去她家里时，我把脑袋摇得像拨浪鼓。她装出不太高兴的样子说："咋就这么扫兴呢，你对得起我那无比真诚的心吗？"

　　我抚着她那一头清爽的短发说："你看我刚回到家，最起码也得在家消停几天。还有，你妈妈好像不太喜欢我。"

　　"你家多好，歌舞升平的。我家就剩我一个人了，我多寂寞呀！"

　　我说我舍命陪君子，很愿意登门拜访裕家一次了。

　　裕忏忏说，瞧你这话说的，好像"壮士一去兮，不复返"了。

　　我又和她一起笑了，笑得歇斯底里。裕忏忏的笑声简直太有穿透力了，笑出我一身鸡皮疙瘩。我忙打她一下以止住她的笑，我说，你这笑声也吓人了。

　　安安稳稳地上了一堂自习课，同桌都问我好几句话了，我一直都没搭理他。他最后写了张字条推了过来，也被我推回去了。

　　他立刻把推回去的字条撕得粉碎，说了句："发什么神经。就你那熊样还写物理题哪？"

　　我瞪他一眼，堵着耳朵又低下头去算题了。我在心里说，这是浪子回头金不换啊。为什么你如此挖苦我呢？

　　同桌见我还没有搭理他的意思，便掏出一本挺厚的盗版书看起来。

我在想,这样的一本书装进书包里,留给装课本的空间也没剩多少了。

这若在以往,我早就和他一起看起来了。是谁说过,要让我的成绩高高在上来着? 当我意识到再也得不到你的帮助了那一刻起,我已经不需要任何人的帮助了。

我从来没想过去补习班补课,去老师办公室吃小灶来提高我的成绩。没有任何人的帮助,我还是可以让我的成绩高高在上。你都相信吗? 下课铃声响起的时候,我如梦初醒。才意识到,刚刚又走神儿了,总这样可不行了。我整理好书包,刚刚踏出教室门,手就被门外早已等候多时的裕忏忏握住了。"真是太好了,平时总是挤公交车的,肖若儿我们俩走着去可好? "

对于她一脸的喜悦我很是莫名其妙,她继续说着:"肖若儿你知不知道,你是第一个被邀请去我家的同学。"

"那我简直是太荣幸了。"

裕忏忏表现出不太高兴的样子:"你怎么不问问,为什么会这样? "

"如果你愿意告诉我的话,我愿意聆听。这是为什么呢? "

"肖若儿,我的家教一直很严格。他们不允许我玩电脑,看电视,同样也不允许我带同学回家。我的生活很不快乐。"

我很认真地看了看她的眼睛,琢磨了许久才问她:"是一开始就这样的,还是发生了一件事之后才这样的呢? "

"你要好好听着,我要给你讲一些事,我犹豫许久才决定讲给你听的。我原来有一个哥哥,家里人都宠爱着他,那时候我是被忽略的角色。也许是被宠坏了。他受不了学校里老师的冷眼相待,于是他常常离家出走,偷家里的钱。后来我爸妈不在家里放钱了,也不再苦口婆心地说他什么了。他走了后就再也没回来过。"

我意味深长地想了一会儿,觉察她的话停止了,我的手也从她的手里挣脱出来了:"裕忏忏,你是在警告我,还是在暗示我什么呢? "

"没有,肖若儿,你太敏感了。我只是想,自从我哥走了后,我爸妈就

我的缭绕时光

118

这么神经质。而我呢，也只好随他们去了。他们是怕我像我哥那样，够用心良苦了。所以，你应该像我一样，别再我行我素了。你走那几天，你是挺潇洒了，可你永远不知道你妈急成什么样子。"

我沉默了，为什么给别人的感觉都是这样的。我何尝不听大人的话了。只要他们对我好一点的话。

我跟着她往左拐，往右拐。她步伐还太快，我要不时地小跑一段路程。

"喂，裕忏忏。""嗯？""你还是牵着我的手走吧。"我把手直直地伸过去。裕忏忏又咧开嘴，傻呵呵地笑了。然后一直走到她家里，她的嘴也没闲着。先是告诉我她爸妈出门了，然后又说到她家楼上两个月大的娃娃，最后说到她家鱼缸里没有一条鱼。详细得都说到了鱼的死因——饿死一条，撑死一条，被她吓死一条。

我正往前走呢，她的手稍稍一用力，我就退回去了。"三楼是我家，就这个楼梯口。"我还没反应过来呢，她已经飞奔上楼了。我也赶忙跑过去，两个台阶一步地奔上去。我一侧身超过了她，距三层的最后一个台阶时，裕忏忏伸过手来拽住我往下一使劲。

我蒙了，她却已经用钥匙打开房门，龇着牙笑着等我了。"你这是作弊行为！我抗议！"我冲着她在喊大叫。

进了她的家里，换上拖鞋后，还没等我站稳，就被裕忏忏按在沙发上。"你现在什么都不用干，休息，休息。"我企图站起来："有你这么强制客人休息的吗？""好了，不和你闹了。晚饭吃泡面行吗？"

我点头说好。肖锐果在家的几天尽吃这个了，也许这次可以称作是"忆苦思甜"吧？

她先是在电视机前摆弄了一阵，才转身去了厨房。

我也跟着走了进去，看能不能帮上什么忙。客厅里有音乐声响起，厨房里听得一清二楚。

裕忏忏在洗着两个西红柿，我接过来一个帮忙洗着，一边洗一边和她说着："真没看出来,你对歌曲还有一些兴趣。"

"不是兴趣,是习惯。"

"你的习惯可真高雅。"

裕忏忏不太自然地笑了笑,笑得挺自嘲的。吃泡面时,有好几次冒出来的热气烫着了我的脸。不,是因为这个歌曲,让我灵魂出窍了。

我看了一眼身边的裕忏忏,她也同样停下筷子,很认真地听着。

唱得很清楚,每一句话都让一阵阵暖流在心中翻涌——"走进随意门,如果真的可以,我要永远和你住在那段回忆里。纯真的心没有约定的约定,你就是我一生的好朋友。"

没有比这更美好的字眼了。一直到终了的时候,没待我问,裕忏忏就开口告诉我说,这首歌叫作《处处都有你》。

处处都有你? 但愿如此。

"再放一遍好吗?"

"好。"

"如果真的可以,我想一直都坐在你的身边,直到学会唱这首歌;如果真的可以,我想要我们俩的友情永远都好;如果真的可以,我想我们的生活像所期望的那样;如果真的可以……"

"裕忏忏……""嗯?""在你爸妈没回来之前,晚饭在我家解决吧。总是吃泡面不好。"

"如果真的可以,我愿意。"

那是我万万没有想到的,裕忏忏在说完这句话时哭了。"肖若儿,好长时间,都没人和我说这么多话了。"

刚刚落了两滴眼泪,她马上又笑了,她站起身来去别的房间了,片刻之后她走了出来,递给我一张字条。我当着她的面迫不及待地打开来,上面是一句英文,是用好看的笔记体写出来的——

I love you more than I can say !

二十一　相逢何处忙归去

　　再接到路诚的电话，是一周以后了。在双休日和我妈一起逛商场的当儿，是第二次才接到的，错过第一次是因为周围的环境太吵闹了。

　　话说得很匆忙我去时的准备也很匆忙，因为他让我15分钟之后就赶到相约地点。相约地点在他没说之前我就已经猜到——市中心的新华书店。唯一和以往不一样的是，约在了三层的儿童读物区。我赶到时他正在看一本书，是《小王子》。小王子是我们两个共同喜爱着的小孩。我没有叫他，就在不远处看着他。他刚好一抬头就与我的眼神纠结在一起了。他只是笑着，没有说话。

　　"是女孩子的眼睛吧？"

　　"是的，很可爱的女孩子。因白血病去世了，把眼角膜捐给了我。"

　　"那你可要好好珍惜了。"

　　"我会的。"

　　"相见一下就安心了，你也好久没静下心来看看书了吧？"

　　我把身边书架内的一本书绘本抽了出来，在手里翻着。而路诚，拿着《小王子》往另一边走了。我完全没有投入内容里去，不停地用眼神搜索着路诚的身影。最后，我干脆拿着绘本跑去路诚的身边了。路诚用他那略带温柔的眼睛看着我说："你过来了呀，要不我还准备过去呢。那么你就帮忙把这本书放回去吧，是从那边的书架拿过来的。"他晃了晃手里的《小王子》。我站着不动了，就这样一直一直地对视着他。他便很慌张地把脸往旁边一转，然后用商量的口吻说："过去吧，你一直都是听我的。"

"那你别走啊。你再过来的时候叫我一声。"他很敏感地把手抽了出去。

在这边看完整本绘本后，我才走去那边找路诚。其实不用叫他的，我刚刚走过去，就被他注意到了。

"走吧。"路诚说。

"走？去哪里。"

"还能去哪里，回家去。"

"你叫我走？"

"不是叫你走，是我们一起走。"他走在我的前头，大步大步地走着，故意不等我。我跟在后面，越跟越恼火，最后实在没办法了我喊住他："路诚，我们不步行了，我们坐公交车吧。"

就连在站牌下等车时，都是他在前面，我在后面。他偶尔转过头来，问一问我班里的事，他问什么我答什么。不像是相约出来的，倒像是半路上偶遇的。那么默契的步伐，走路从来都是一致的，是什么变了呢？

上车后，他只投了一个硬币。我翻了半天，也没找到硬币，路诚也不过来帮我。最后好不容易在内侧衣兜里找到一枚。金属下落的声音，把我的心都给震疼了。我往后头走，一直往后。直到路诚拉住我的衣角，然后他从座位上站起身，示意我坐下。他站在我的身边，但却是没有一句话可说了。我思索许久，才和他说："漫山遍野的木棉花都多次出现在我的梦里了，我的梦里全都是一片红色。""现在可能都是残花满地了，可却依旧是十里飘香。"

我的绿纱时光

路诚。你是不是忘了一句话了,你不是说好,要和我一起去看吗?

"你明天来上学?"

"是。"

已经到站了,路诚竟然笨嘴笨舌地说:"你还有事吗,若没事的话,我回家了。"

我往他离开的方向看的时候,已经看不清他的背影了。我闭上眼睛,出现了满地凋落的木棉花瓣,风一吹,却已是,遗踪不在。路诚,这就是我们的爱,它这么快就老了。零点的电话铃声,早已不会响起了。真是好笑啊,那首歌叫作《依然在一起》。

我走进一家礼品店,因为明天是路诚的生日。看见我站好久了,服务生热心地走过来。"小孩儿,你是准备送男生还是送女生啊。"

我刚才是瞅着一个胶皮娃娃发呆的,听到服务生的这句话后,我便转过头来看她。那个年轻的服务生被看毛了之后,我才开口问好:"明天是男朋友的生日,我送什么给他好?"

一出口的话就变成这个样子了,"男朋友"的关系很俗。我和路诚一定不是这层关系。可我多希望,他能和那些女生的男朋友一样,只要我招呼一声,就出现了。

服务生听到后瞠目结舌的。半晌才恍过神儿来,笑眯眯地说:"那就送这款笔筒吧,外表面嵌着相思豆的。"

好一首《红豆》:"红豆生南国,春来发几枝。愿君多采撷,此物最相思。"

太浪漫了,都有几丝浮华了。我问了服务生:"这'相思'自然最美,但如果是单相思呢?"

没由她回答我就跑出门外了,我知道她回答不了,谁都回答不了。

我跑去一家书店,我就送书给他吧。只能是书了,只有它没隐喻。

我要选一本,最可爱,最天真的书,送给他。我明明知道这爱总有一天会消失的,但没有想过就这么早,就在现在。我是自私的,我希望这份感情一直都在我这里,能一路温暖地陪着我。以后这般纯洁的感情,随着年龄的增长,再也不会有了。

抬头看到的,是很蓝很蓝的,充满无限希望的天空。

我知道它喜欢我看它。不管我什么时候看它,它都在哪里。而有些人可能想看到也看不到了。

二十二　殇

路诚已经请了近一个月的病假了。而原来属于他的,那个教室里第一排中间的座位,早了安排另外一个女生坐过去了。

我走近教室时,路诚挺茫然地在讲桌旁边站着,那个女生也很是抱歉地站起身来。女生在解释着什么,路诚三心二意地听着。就在这时,我不由自主地把路诚的手腕握住了。"你干什么?"路诚的手腕继续由我握着,但表情挺尴尬的。正讲话的女生也停止了。

"坐我旁边去。"

路诚表现出挺费解的样子,显然没听明白。我有点急:"你的位置被占了,你当然得坐到我旁边去喽。"

路诚想把手腕从我的手里挣脱开去,我死抓着不放。他用另一只手,硬是把我的手掰下去了。他说:"肖若儿,你别胡闹了。"

旁边围观的一小群女生开始发表议论了,我听见其中的一个对另一个说:"我还以为怎么回事呢,原来是肖若儿白作多情啊!""是啊,自始至终,路诚都没正眼瞅她一下。"

路诚好像也听见了这场对话,厌恶地往那边看过去。为了缓解尴尬,他笑着对我说:"肖若儿,谢谢你一片好意了。但我必须得服从老师的安排吧,你说呢?"

125

我连连点头:"好,好,你当然得服从安排。你当然得装出很顺从的样子了,因为他的宠爱对你来说很重要。"

"我完全听不懂你的话了。肖若儿,你是在冷嘲热讽。"路诚一皱眉。

我还想说什么,路诚已经背着那看起来很沉重的书包晃悠悠地走出去了。他曾经那么喜欢我,在日记里夸我与众不同,我们一起走过那么珍贵的回忆,他知道我,他了解我,今天他竟然说我"冷嘲热讽"。我就真的不明白了。即使都已经尽力维护气氛的和谐,却还是把我冷场了。为什么会这样呢?

这下,我是真的生气。生路诚的气,生我自己的气,还生那些围观女生的气,也再也不需要挽回与路诚的相好了。

既然路诚都表现出如此无所谓,我为什么还要垂头丧气的。也是,已经习惯了坐第一排的他,又怎么愿意坐到教室后面来呢。

早读的时候,在书包里一顿乱翻。没有翻到语文书,倒是那本叫作《小王子》的童话书出现在我的视线里。我叹了一口气,这可是我选给路诚的生日礼物?既然买了,就送过去吧。生日一年只有一次,明年这个时候也不再会送礼物给他了。

我传个字条给裕忏忏,写着:"下课时来我座位这里一趟,有事相求。"

裕忏忏接到字条后又写了一句话给我——"无论求我做什么,我都赴汤蹈火在所不辞。"

我童话书交到裕忏忏手上,裕忏忏蹦着说:"你就这么点儿事你还至于麻烦我一趟吗?"

"拜托了!"我把双手合在一起说。

裕忏忏挺无奈的样子,双手拿着小王子往路诚那边去了。那几步走的可真够优雅。我没往那边看,伏在桌上佯装睡觉。再抬头时,路诚摇摇头在和裕忏忏说着什么。裕忏忏悻悻地走回来了,手背在身体后面。她看着我开口想说什么,但终归是什么都没说。

"谢谢你了,既然人家执意不收,那么你就拿过来吧。"我指指她的身后。

"那个……"没等她解释,我就把书给夺过来了。我苦笑了一下,自言自语说:"唉,真是个麻烦主儿,还得劳驾我亲自去送一趟,何必这样呢?"我的手被裕忏忏拽住了,可她却没有告诉我拽住我的原因。"裕忏忏,放心我不是去找他打架的,我是去送礼物给他的。"她只能放开手,由我去了。

"这是我给你的,你为什么不收啊。我没有忘记今天的日子,生日快乐,路诚。"

"谢谢你的一片好意。但即使你把它给我,我也不会看。我为什么还要收礼呢?"

"你这是在气我,对吗?"

"肖若儿同学,你敢肯定你的这个东西一定会得到我的珍惜吗?如果我不够珍惜,你岂不是失去送礼物的意义了吗?"

我气得在一旁瞬间呆住,血液仿佛都凝固了。

上课铃响了,路诚挥了挥手让我走。行,我走。但我走的时候却又引火烧身了,我是朝门外走的。我只能走出门外,我已经在全班同学面前下不来台了。

我朝着学校内的天井方向走了,坐在石头台阶上,望着爬满整面墙壁的爬山虎发呆。有短信发了过来,显示的"路诚"的名字的确是给我带来一丝小小的喜悦。

"肖若儿你在哪里,我来找你了。"

"如果你是我的路诚的话,你应该能猜到我在哪里。"

没过多长时间,头上就出现了一双手,转过头去,与路诚相视的刹那,他笑了,我哭了。

"肖若儿,记得我刚刚认识你的时候,你就是这么不老实,现在还是这样。"路诚的手依然在我的头上。"是老师派你来的?""不,我自己跑出来的。"

正是一天早晨,天井里的牵牛花开得特别鲜艳。粉色、红色、白色的,上面还挂着露珠。"都开好了,为什么只有你含苞待放?"路诚说,口气很是轻柔。"我无视你们的绽放,宁愿孤芳自赏。待到你们的烂漫衰败,我再盛开馨香。我要微笑着凝视你们的枯萎。"路诚一皱眉,把手从我的头上拿开:"你这话很恶毒,我不喜欢你这么说话。"

"我这是最真实的想法了。也许我完全可以不这么说,但那都是假话了。"

"如果你真的后悔了,你可以走,我不强求你。"

他也真就不给我面子,气呼呼地走了。我又追了过去,喊了句,"你等等。"

我冲他扬了扬手里的《小王子》说:"你拿着它吧,我知道你很喜欢它。"

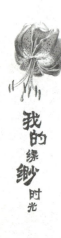

在我们俩交接《小王子》的那一瞬,路诚说:"我走了,你也不说留留我。平时你可不是这样的。"

我叹口气说:"你若真想走,我也拦不住你。何必那般徒劳呢。"

"一起走吧,你必须得好好听课的,别再由着性子来了。听我的吧,因为这可能是我最后一次管你了。""最后一次"又是这种字眼,这就说明,我们曾经的相濡以沫只能作为记忆里的定格了吗?

"好,我听你的。但你先走,我马上就上去。"一起出现在教室门口里的隐喻是一种责任的存在,这种责任,现在我和路诚谁都担负不起。

讲着课的老师让我进去了,我按礼节的套路给她鞠了一个大躬。教室前面的路诚早已是正襟危坐,一看就知道是个好学生。而我早已在同桌接连不断的追问下,心乱如麻了。

我以为一切不会变。可是都变了。

我知道。

唯一不变的东西就是变化了。

二十三　怅然若失

"喂,你们俩究竟怎么了。"

在同桌问了若干次后,我不耐烦地说:"你想我们怎么了,就怎么了。"

你就是想让我尴尬的,你明明可以猜到,却明知故问。我一赌气,他再问什么我都不应他了。我一笔一画地记下老师的板书,我知道他不会再罩着我了,不会再第一天把我各科的笔记拿家去,都记好后在第二天还给我了。我的眼里含满了泪水。

这一切我都已经习惯了,失去他们真的很舍不得,很难过。我无法用语言表达出来这一种感觉是何等的怅然若失啊。

体育课上和我的小姐妹裕忏忏绕着操场跑圈,刚跑完第二圈时我就一屁股坐到了地上。累得不行,我体力变弱了,不能跑了。

裕忏忏也停了下来,伏下身坐在我的旁边,让我靠在她的腿上,一边说着:"你是不是又没吃早饭啊。"

我摇摇头回答说:"没有,都吃撑了呢,我想可能是有点中暑。"

"这天乌云密布的,你还说你中暑。我看,你是心理作用吧。"她又说:"没啥在不了的,这年头,谁离不开谁啊。"我记得以前裕忏忏常常和我说——生活中种种琐事,仔细一想,也就是那么回事。记忆追溯到这儿,我又情不自禁地乐了。裕忏忏说,现在感觉好点儿了吧,你刚才脸上都没血色了,晚上回家后好好休息休息吧,我想你是累着了,怎么喜怒无常呢。这样对身体真的很不好,你应该上上心,好好照顾自己。

"别人早晚都会离开的,就自己永远是自己的。"她又冒出了一句貌似很有哲理的话。

我运了一口气,原地蹦了一下就站起来了。我伸出手去,准备拉裕忏忏。

"我突然觉得,一切都好像从头开始了。"因为我看见,体育八百米达标,只有我和裕忏忏两个女生。其他人都逃了。

"别瞎想,若真能从头开始的话就好了。肖若儿我就得你有点儿未老先衰了,怎么那么多矫情的感慨啊!"

"嗯,还有,一会儿把英语笔记借给我,但我要明天还给你了,因为我差得实在太多。"

"随你便,我是无所谓。"

我不用说她也应该觉察到了,我都坚持好几天认真听课了。

手机的短信提示音和下课铃声一同响了起来,是路诚发过来的——"放学在学校对面的文具店,有话和你说。""没有必要了。"我小声说了句。声音真是够小,就连我身边的裕忏忏都没有听到。都说过"最后一次"了,还找我干吗,不嫌麻烦吗?

放学后我扬长而去,是往家去的,路过那家文具店我看都没看一眼。直到他打电话给我,被我在没接听前就挂断了。

后来感觉有点儿过意不去,我又把电话打了过去。路诚气急败坏地说:"我一直都在等你,你怎么还不来。""我都知道你要说的内容了,就不过去浪费时间了,你路小少爷的时间多宝贵啊。""那么好,从此我与你肖若儿井水不犯河水。你也别来纠结我了,对你好真的是挺累的一门差事。"

就是这条路啊,多少次我们一起走过的。路边的狗尾巴草看起来都是那般亲切。而现在却已是,物是人非了。

二十四　谁主沉浮

期中考试来了,期中考试又走了。判卷老师简直比学生还拼命,在考完试的第二天语文成绩就出来了。课代表站在讲台上,按照月考的排名榜上的顺序公布成绩。因为我没参加上次月考,所以理所当然地被排在最后一个。潜意识里,虽然已经知道一飞冲天是必然的,但却还是受惊了。我的语文成绩是班级里最高的。

这也飞得太高点了吧?

"真是不可思议,真是不可思议。"同桌念叨着。

"你不可思议什么哪?"我问他。

"长江后浪推前浪了。"同桌回答道。

我笑嘻嘻伸手在他的脑袋上敲了一下。"肖若儿你别闹了,都快上课了。"课代表在讲台上发话。"别理她,她是嫉妒你呢。"同桌小声说。我笑了一下,这话我爱听。

"你不服是不是?"讲台上的女生开始咄咄逼人了。

听到这句话后我笑出声来了,这让好多同学都忍不住要回头来看我。"我可什么都没说,就是你在明显挑衅了。"

她把脸憋得通红,话题被我说到绝路上了,所以她也说不出什么。

看到语文老师站在了门口,她只好回到座位上。

"你怎么没把语文卷子发下去?"语文老师在等待课代表的答复,可她迟迟不肯抬头。

我于是说:"老师,让我来吧,我很愿意帮忙完成这件事。"

语文老师好看地笑了,她说:"肖若儿,你超越的速度让我感到很惊讶。"

我从语文老师那里把卷子接了过来,课代表气呼呼地站起来,"噌"的一声。她伸出手夺我的卷子,我莫名其妙地看着她,也没有把手松开。

"让肖若儿来吧。"语文老师这么一说,那位一直都很要强的语文课代表嘤嘤地哭起来了。真是太强悍了,就连哭的时候嘴都没闲着:"肖若儿你别太神气,是我让着你了。"

天气已经太热了,我还是冷出一身鸡皮疙瘩。这话,句句都带刺的啊!还有没有天理了,一直都是她抨击我的,我还没委屈呢,她倒是先委屈上了。

我把语文卷子小心翼翼地用手平托着,安安稳稳地一张张发着。她低着头哭,当我路过她那里时,她在我的脚上狠狠地踩了一下。小女生看起来文文弱弱的,但这么使劲,还真是来势挺猛。

算了不和她计较了,对于这种损人不利己的人我还真是无话可说。她都让她自己下不来台,我就没必要再为难她了。

"传授传授经验吧肖若儿。"同桌说。

"没什么的,只要你想考好就一定能考好。"

下课后我把语文试卷叠平整后装进书包里,同桌看到后又说:"你真和平时不太一样了,平时你不都是拿试卷叠飞机的吗?"

可这次是我准备拿给妈妈看的呀,我保证她一定会高兴极了。因为从很小的时候她就教育我说要好好学习啊,不懈努力啊。可是偏偏就生了我这么一个不爱学习的乖张女儿呢。所以说,在望望成长起来之前,我应该让她高兴一次。

她是对我好的,所以我也要对她好。而这只是其中的一种方式罢了。

这天晚上,我把语文试卷递给我妈,让她签字。她还和以往一样,只看我的作文,然后挡住得分栏在试卷上签上她的名字。

我揉了揉眼睛说:"妈,也许你以后再也用不着这样了。"我妈听到这句话后,只是说了一句:"若儿取得好成绩了?""妈,如果我说我是班里的最高分,你信不信。""当然信喽!我早就看出来你潜力十足了。"

她把签过字的考试卷还给我:"但我希望,这不是昙花一现。"她只是说了这么几句话就离开我的房间了,甚至没看一下我所谓的"好成绩"。我有点气恼地把语文卷子塞了回去,它现在一点价值都没有了。

妈妈,我是学给你看的呀,你如此地不在乎,我又有什么动力继续学下去呢?我在书架里拿出一本小说来看,武侠的,很厚的一本。我买来后没翻开过一次。

有点口渴,准备去冰箱里翻点儿东西喝。这才注意到门旁边摆着一个信封,上面写着"给我亲爱的女儿",这是我妈妈独特的爱我的方式。一时间,我都忘记要出门去干什么了。

干脆,回去看完这封信吧——

　　原谅我这么大没有正式和亲爱的你谈过天。我真的很抱歉。

　　我还曾经抛弃过你一段日子。

　　你还恨我吗?

　　我不是合格的母亲。所以刚开始看到你刚来的时候的倔强样子,坚强又忧伤,任何尖锐的东西都能刺破你。我是有多心疼啊。

　　可是谢天谢地,你竟然都挺过来了。

我不知道我该怎么爱你，这个方式你喜不喜欢。你是个有个性的，特别的孩子，我不敢像对普通的孩子那样说教你。那太残忍了。

请再次原谅我，还没有好好地保护好你。对不起。

我的女儿，你所做的一切真的是令我欣慰。你是坚强的、善良的花朵。我今天本应该可劲夸夸你的，但我每天都会夸你几句，你也不稀罕这几句夸奖了，不是吗？我就等着这一天呢，你终于开悟了，能用自己善良的生命企图带给别人更多的温暖和欢乐，我可真高兴。

其实，我只是希望你每天都要快快乐乐的。这就够了。真的。

其实人一生追求的实质上就是快乐。

在学习上，也要用一点力，一点点就够了。我并不是很在意这个，但除了我，你身边的人都很在意，包括你的父亲。他们通过在意你的成绩，才能在意你。

这就是人生的无奈。还是得按照一个程序走。

无奈谁都有。不仅仅是你，妈妈有妈妈的无奈，叔叔也有叔叔的无奈。等你长大了，希望你不会恨我们。当你有自己的另一个家的时候说不定能理解我们。

我更希望你全面发展，但绝对不要才华横溢，因为那样你会因有太大的压力而生活得不快乐了。我相信你，一定会把握好你自己。妈妈会一直支持你！加油！

我的眼睛湿了。

妈妈，我一直都很喜欢你教育人的方式。如果有下辈子，你还当我的妈妈那该有多好。

一切都在我意料之中的,田老在上他的数学课时把我调到第二排去。我想说的话,已经在我考完试那天的梦里准备好了。

　　我很流畅地说了出来:"老师,我无论坐到哪里听课效果都差不多,我愿意把好的位置让给比我更需要的同学。"

　　"那么,肖若儿同学,你认为你坐在哪里听课效果最好呢?"

　　我指指裕忏忏的那一桌,然后和老师说:"就是那里,您可不可以允许我坐到那里去呢?"他竟然点头同意了。

　　我在上课时间风风火火地收拾书包,然后跨过讲台,还很是张扬地跺出一声响来。裕忏忏的原同桌磨磨蹭蹭的,显然是不太情愿。就是再不情愿也得服从安排。

　　我在书桌下,与同样兴奋的裕忏忏击了一掌。这个时候简直比过年还要高兴。完全是凭借自己的力量完成了一件伟大的事情一样,快乐得酣畅淋漓。

　　夏天已经彻底来到了吧,我和我身边的她都已经换上 T 恤衫了。那么,期待许久的假期也将来到了吧?

　　时间快点过去吧,未来还会发生好多幸福的事情。

　　把不美好的东西忘却,刻骨铭心的东西沉淀下来。

　　家里支持我的母亲,学校里有罩着我的小姐妹,我永远不会害怕。

二十五　我的弟弟我的家

　　妈妈去开我们班的家长会了,我和望望待在家里等着她。这几天继父一直都在加班,估计今天也不会正点儿回来了。看着小小的望望,心里顿时生出几分怜爱。

　　"走,望望,姐带你出去吃。"我说。

　　望望闷闷不乐地把小手伸过来给我,连个答复都懒得说。大人们可真是的,在早上的时候就应该计划一下晚上的吃饭问题。看把这孩子饿的,说话的力气都没了。

　　"望望你还行不啊?你若是不行了的话,姐背你下去。"都说三年一代沟,和他没啥共同语言,只能倚老卖老了。

　　"我才没那么矫情咧!姐姐你不知道,你出家的那几天,我都是从幼儿园自己走回来的。""出家"这词听着够别扭的。出家就出家吧,如果我可以把它理解成"童言无忌"的话。

　　"你想去哪里吃?"我低头问他。

　　"随便哪里,我看小区门口的那家押面馆就挺不错的。"这孩子懂事,以后绝对有出息。可能是知道他姐穷吧,哪里便宜去哪里。

　　"姐姐你没离开的时候满树都是花,你再回来,花瓣都谢了。"我指着西下的夕阳和望望说:"你看太阳落山了,可明天它依旧还会升起。"

望望摇着头说:"可我要等多久才可以等到明年的桃花开?"

"有我陪着你等,那就会很快了呀!我希望,待到明年花再开的时候,你就长高了。"

在我抒情的时候,望望已经狼吞虎咽地吃着抻面了。估计我刚才说的话,他也是左耳朵进,右耳朵出。有一些话,心里想过就好,是不能说出来的,说了也是白说。

"姐姐,明年,我就是小学生了。"

"那么明年,望望有什么新的目标呢?"我问他。

他歪着头想了一会儿,然后告诉我说:"我的目标就是让所有我喜欢的老师,全都喜欢我;让所有我喜欢的同学,也全都喜欢我。"望望用特向往的眼神看着我。

明年?估计我的目标一定不会这么实在了,明年我该中考了。

"姐姐,你没来之前爸爸成天训我,还总把我关到厕所里。可现在,他都很少训我了。"

我苦笑了一下。也许这是因为我身上的毛病太多了,相比之下,你身上的那些小毛病已经算不上毛病了。我回想起来那些折腾的岁月。那个时候可真是太让人操心了。

望望打了一个大大的饱嗝,我问他吃没吃饱。他点头说已经吃得很饱了。他还请求我,让我带他去公园玩。望望喜欢小动物,每次带着他去动物园都要拔好多草喂给梅花鹿和山羊吃。

"回家吧,公园什么时候都可以去。我们从家里出来时连张字条都没留,大人们该着急了。"我轻轻地对他说。

"那好吧。"望望回答。

走到家里,他们两个都已经回来了,正坐在餐桌旁边。妈妈说:"都想到你们俩出去玩了,饿坏了吧?"

"妈妈,我们俩已经吃得很饱很饱了,是姐姐把我从幼儿园接回来,是姐姐带我去吃的饭。好喜欢姐姐啊。"

"是你缠着姐姐的吧？快去睡觉吧，你姐姐还要学习呢。"

我和望望都各回各的房间了，两个大人才开始他们的晚饭。在复习完一个单元的语法后，听到餐厅里有哗啦啦的流水声。那应该是在洗碗。

我走了过去，悄悄过去的，大块头男人还没觉察到。

"爸爸，让我来吧。"我轻声说。

也许头一次被我唤作"爸爸"有点受宠若惊，愣半天都没说话。

我便把他手里的一个碟子夺过来，往上面倒洗涤剂了。

"我看到你们这次考试的排名榜了，你是第十六名。"

"那么爸爸，您话里的引申又是什么呢？"他运了一口气，看来是想语重心长地与我长谈一番了。他温柔地看着我的眼睛说。

这样很动人。

"以前望望淘气，总是在幼儿园里惹事。那时候就想，这若是一个女孩子就不会有这么多的麻烦了。而现在终于，儿女双全了。"我和他一起笑了，这时全部的碗也都刷干净了。这是我的家，我有爱它的责任。

我半开玩笑地对他说："但却没想到女孩子比男孩子还麻烦呢，对吧？"

"你刚来的时候，你妈不让我说你，所以呢，只能睁一只眼了。可那完全没的必要的，你看你现在多好，我们又何必瞎操心呢！"这是最容易令人接受的方式，也是我最喜欢的方式。这话说得真是太好听了，简直是回味无穷。我感激地看着他。

我们两个相视一笑。觉得所有的误会和不理解，一瞬间就摸清了。从此我们将会是血浓于水的，生活在同一屋檐下的亲人了。

本来应该是这样。

这是我的家，和我想象中的，期待中的，几乎一模一样。

我应该爱它……

二十六　梦里蝶舞天涯

"早点回去睡,晚安。"他回房去了。我最后一个离开厨房,关灯后绊到了门槛险些跌倒。

我房间里的台灯还亮着,都照在了客厅的地板上。好安静,我想他们几个都相继入眠了吧?一杯爱尔兰咖啡摆在了写字台上,我知道在我和段叔叔说话的时候,我妈妈来过这里。咖啡还冒着热气呢。

那把立在窗户底下,书柜旁边的吉他不知道什么时候倒下去了。上面落满了尘土,而我竟然连擦擦它的热情都没有了。当初第一次见到它,当它被凌然背着的时候,我有多喜欢它啊!我还羡慕它欢快的旋律,穿梭在城市与乡镇之间的历程。

流浪,那是我最初的梦想了。我的所有笔记本里的扉页上都写着"宠辱不惊,闲看庭前花开花落;去留无意,漫随天外云卷云舒"。那种境界就是我所向往的,所憧憬的。在我梦境里的乌托邦,我是隐士。

我想像三毛一样居住在撒哈拉沙漠,我想放牧在珠日河大草原。可我现在不敢去试,不能去试,直到现在我还后怕那场无声无息的谋杀,我也越来越喜欢我的民主式的家庭了。我不会再离开了。

我长大了、不会干小孩子干的事情了。

139

凝视它许久，思索它许久。我还是很珍惜它的，小心地拨了拨弦。发出来的声音可真是难听。然后我把它藏在了衣柜里，一是不想让别人看到，二是以防我再思绪万千了。到此为止吧，那一切的。

那些往事真的是太好了，所以它作为那些往事的见证是应该被珍藏的。

此去经年，好多人都嘲笑我的与世无争了。他们也习惯我的萎靡不振的状态了。就在这个时候，我突然间斗志昂扬，就都受惊不浅了。而这却只是努力一点点的结果。真是去日苦短，来日方长。我给自己打气说要坚持不懈啊！

午夜 12:00 了，家里是那般地安静。手机铃声也早就换了，新换的歌曲的名字是《处处都有你》。路诚走出我的生活时很着急，连声再见都没来得及就离开了。落忆在幻听中还在告诉我，要小心了，一步错，步步错。

尚忏陌姐姐，你真是太坚强了简直就是我偶像。如果那颗明媚的种子在你的微笑里萌芽，那么它现在应该是枝繁叶茂了吧？

凌然，即使我知道你潜在的职业，我依旧会和你一起离开。只要你记得回家的路，因为我必然要后悔。你还要送我回家来的。

裕忏忏，向往的梦境里你总是拉着我的手朝前跑的，梦里没有疲惫。我知道你不会离开因为你不忍心离开。几米的绘本里有这样一句话：我说我总是一个人，你总会露出无奈的神情笑说，谁不是一个人呢？

今夜出奇的安静。我出奇的清醒。新的一天来了，未来的人生紧紧握在手里呢，要怎么去把握呢？一切都回归到以前一样，我也终于拥有这个年龄的女孩子都希望有的东西了。生活慢慢变得正常而又有规律。这很好。只是有的时候，心中会莫名其妙地难过。还是会听见有人呼唤我。后来我知道，那是内心深处传来的声音。

初中快要接近尾声了。他们没有叮嘱我要怎样，说只是希望我快

我的绿纱时光

快乐乐的,未来的事情让我一个人来定。没有压力的时候开始自己对自己有要求了。

我究竟要成为一个怎样的人呢?

可这个时候我才发现,当初那么渴望自由的心,却也有一丝惧怕未知的世界,想继续留在校园里。我渺小,脆弱,我从来没有这么了解过我自己。我一点也不坚强,容易恐惧,和缺爱。

读高中,读大学。和很多青春期的男孩儿女孩儿一样的方式成长起来。认识另一个路诚,另一个裕忏忏,源源不断地收获爱和付出爱。大家这么成长起来不是很幸福吗?

和妈妈谈了很久的心。望望也跟着过来凑热闹,和我说,姐姐是我的家人了,和我一起姓"段"吧。我也想过要改过来和妈妈姓李的,妈妈说还是叫肖若儿吧,你奶奶喜欢的名字。我点点头。于是我眼睛就又湿了,我想她。

我发现回来之后我比原来脆弱了。总是动不动就落泪。尤其有一天我发现旁边的桌子空了,裕忏忏不见了。我去找她。她家里大门紧闭。再后来。就有新主人了。我就特别惶恐无助,有一天在课堂上就放声大哭起来。

那应该是语文课。课下老师就把我带到她的办公室里,一边拍着我的肩一边安慰我说,肖若儿你可真是个忧伤的孩子啊,别让自己想太多,一切都会过去的。

我抬起头就问她,时光在那里,清晰的回忆在那里,它怎么就会过去呢?

到学校后终于也没有老师再批评我,田老梯形的脑袋在面向我时也面带笑容了。可我还是不开心,在每次上下课擦着路诚衣服角他面无表情地过去我就不开心。我简直要崩溃了。

他是与众不同的男孩子。他不会因为老师同学那些无聊的话和道理就退缩了。有时候我真想一把拉住他问个明白,你抽什么风啊?你怕耽误学习?怕大家的流言蜚语?你醒醒吧你!

可他依然还是处处躲着我。我摇摇头说算了。

曾经沧海难为水,这样没什么不好。所有回忆在美好的时候终结了。后来到大学我才明白这样的关系是最完美的,免得再有不愉快发生了。

初三开始我的成绩竟然奇迹般地跃入优等生的行列了。老师见着我都夸奖我肖若儿是一匹黑马,能创造意想不到的奇迹。

我也变了,不知不觉中的。

我庆幸自己没有变得阴暗下去。可是当优秀生也没有想象中的那么开心,没觉得自己有什么优越感,突然间觉得原来的自卑感其实也不应该存在的。

不管什么时候,自己一定要好好相信自己。

生活还是充满希望的。

可我依然是不开心。觉得心灵上的默契感再也找不到了。我在初三开始的第一次月考之后,向妈妈和段叔叔提了一个要求,我想了好久的一个——

二十七　裕忏忏的话

　　我很开心肖若儿回来了。她后来坐在了我的旁边,下课后我们幸福地紧紧拥抱在了一起,天知道我有多想她。她走的那天我就知道,她一定去经历有趣而新奇的事情去了。所以我不担心她,就一直安静地等待她回来。她回来后慢慢给我讲,一天讲一点,我们一起流了好多眼泪。

　　我们说好是一辈子的好朋友。所以我就知道她会回来,回到我的身边来。

　　肖若儿说她后来喜欢学习了,因为学习是唯一一个想做就能做好的事,还能让大伙儿开心。我笑笑地说,你果然变了很多,而她的改变,也把我改变了。我们上课比赛努力算应用题背古诗背单词,下课就凑在一起讲故事。生活简单又快乐。

　　原来人和人之间能够如此惺惺相惜,这是多神奇的一种感情啊。

　　她还把我带到她的家里去,告诉一家人,以后忏忏就是我们家的第三个孩子,他们一家人都鼓掌叫好。那一天我真的好感动,特别特别感动,他们都是多棒的人啊。

　　觉得生活的乐趣就是遇到一些可爱的人。然后和他们发生一些故事的。

后来我们还是喜欢在周末的时候一起去游泳,若儿也游得越来越好了,还褒奖我是全世界最好最漂亮的教练。生活明媚又安逸。

我还看过她偷偷流泪。在有一次老师公布值日名单的时候,路诚和她本来在一个组,路诚站起来说:"老师,我要调组,我周一值日不方便。"肖若儿马上就流泪了,我紧紧握住她说:"还有我呢,忏忏在呢,不哭。"

我替肖若儿感到气愤,我在想,彼此那么小心翼翼维护的感情什么时候就变成这个情况了呢?

我后来一个人去找路诚了。我问他,你为什么不理她?

就干脆的一句话。

他当时在算题,头都没有抬,和我说,你以后会明白的。她也会。

我还是一头雾水。

但我没有肖若儿那么傻,我早知道男生女生之间的感情就是靠不住的,无论怎么样都是。我开始讨厌任何一个男生了,觉得路诚也一样,胆小,怯懦,什么都不敢承担。幸亏我和肖若儿之间的感情还是根深蒂固的呢。

有话你说明白了呀?为什么什么都不说让她一个人难过。这样不是很自私吗?

我总跟肖若儿说,忘了他,忘了他,记得还有裕忏忏呢,我绝对不会像他那样。

忘了他,对,走回我们原来的生活中。本来就只有我们,他不是后来的吗?那之前我们也活得特别好,他就过来瞎掺和一气,然后没有理由就走人,现在就变成这个局面了。

日子终归不能总平静地过下去。有一天,居住在俄罗斯的舅舅过来了,说要把我接到俄罗斯去念书。爸爸妈妈给我做开导工作,说国外的教学很好,未来能上最好的学校,不用在国内和一些疯丫头混了。以后学得会更累还不一定去一流大学。

我当时就有点蒙。大人啊，就是爱把目光放得很长远。而未来的事情，谁知道呢？

我就和妈妈说，肖若儿不是疯丫头，人家现在学习特别好。果然真的特别好啊，这个我真的没有说谎。

他们就怒了，怪我没出息，没见识，不知好歹。我就可委屈了。好不容易生活变得舒服快乐一点，又要失去这一切投奔到新的环境去了。

人生图的是什么啊？

语言都乱了。不知道讲什么。突然间开口的一句话是小学时候看童话看到的，郑渊洁的一句话——"我出生在中国，还不行选择生活在国家的土地上啊，干吗去别的地方，驴子天生就是驴子，马就是马，我不当骡子，骡子前无古人后无来者。"

妈妈一皱眉："什么乱七八糟的，我看你真得好好教育教育了。"

我可怜巴巴地望着他们："必须去吗？"

"必须去！"异口同声的一句话。

妈妈眼泪都快出来了，说："忏忏，你从小到大一直不听话，妈妈都没有硬要求你做什么。这次就听妈妈一次吧，你以后就一定会理解妈妈了。你哥哥都不听我的话，我现在所有的心血，都在你一个人的身上了。"

我便知道妈妈就是妈妈，我抗拒不了。我什么都说不出来，我太渺小了。

我的脑袋乱了。特别乱。人生中该会有多少这样左右为难却又必须遵从一方的时刻啊。

妈妈还接着说："我已经和学校说好了。明天我和你舅舅去给你办转学手续去。你可以选择和我们一起去跟你朋友们道个别，也可以在家里安安静静地规划一下以后要怎么过。你先去新东方补一个月的语言，然后俄罗斯那边的手续就都办好了。你去那里上学。"

我说我很乱，我哪里也不想去。我只想睡一觉。我其实根本不想睡觉，只是我快哭了。

　　关上门的刹那眼泪就流了下来了，我想我明天一定不会去学校的。我不知道该怎么和肖若儿说，我会哭死的，那是我说好了一辈子不分别的好朋友啊。她一定特别特别难过，会难过好久。

　　一件件的往事很清晰。我还只有14岁，我没有什么特别珍贵的东西。就这一份友情还算是属于我一个人的宝贝的东西。我真不想离开它。

　　人生中该有多少这样来不及说再见的离别呢？

　　肖若儿，我们现在的生命还不是独立的，有时候真不得不被操纵着走下去。等我们长大了，长大到可以决定一切事情，强大得一切都由自己做主了，我一定，一定会回来的。

　　我们要一起，浪漫自由地活着。现在的所有努力和妥协，不就是为了那一天的到来吗？

二十八　最后关头的决定

　　我把月考的成绩单和排名榜带回家里给妈妈看。妈妈只是扫了一眼,现在她对我的成绩很有信心。不过看了一眼,她还是露出了无比惊讶的神情。"我没想到能这么棒,肖若儿。"

　　我们相视一笑。反正看到她开心。我也开心。看看快乐是一件多么容易的事情,把成绩考好,幸福的感觉就来了。

　　晚饭四个人在一起吃。妈妈和段叔叔一直在讨论着最后一年冲刺中考该给我补充什么营养之类的话题,我在一旁安静地听着。我现在很乖,好孩子什么样子我就是什么样子。一年之前的我做梦也没有想到一年之后我就变成这个样子了。

　　我想开口,又闭上。最后说,我吃饱了,我要去学习了。

　　唉,如果路诚和忏忏在身边,我宁可学习没这么好了。要老师的肯定有什么用,我又不喜欢她们。我真不想告诉妈妈,我们的生活刚刚变得温馨幸福起来,我应该维护她,维护这种感觉。

　　可我终于又有厌学的感觉了。我想转学了,我想了好久的。在那么孤独的没人说心里话的校园里,一个人静悄悄地走,看到旁边空空的桌子,看成绩榜时总因为分数上的事情得罪了一些人,路诚不小心对视我然后马上转开,每到这种时候,就想走,马上走。

可我不想折腾我的家人了,他们对我好,我知道,我心疼他们。不能,一定不能再让他们操心了。

这一夜心理活动很丰富,以为迟迟不会入睡,但还是不知不觉就睡着了。

第二天早上早早就醒了,刚想坐起来,又捂着头摔床上了。头很疼,疼得快炸开了。于是在床上继续躺着,这倒不错,生病了就可以心安理得地待在家里了。

过一会儿妈妈来叫我起床吃饭了,自从来到这儿妈妈天天早起给我做好吃的东西,一天都没有落下。我和她说:"妈妈我真的起不来了,我头很疼,我什么都吃不下。"

她显得很担心,试探着来摸摸我的头。摸完叫了一声,怎么这么烫?接着把我从床上抱起来,紧紧地抱着,问我,是不是冷?冻着了?怎么突然间就发烧了呢?

我眼睛里有热热的东西,全身也顿时觉得热热的,真是太温暖太温暖了。我的眼泪就淌下来了,妈妈看见有点懵,又小心翼翼地问我:"你有心理上的负担是吗?"

我再也忍不住了,扑在妈妈的怀里放声大哭,我说我真不开心,一点都不开心。虽然原来也不开心,总想要退学,他们谁都瞧不起我,觉得前路特别迷茫。可现在大家终于没人看不上我了,说我的前途也变得明媚起来了,可我还是特别不开心,现在比原来还要不开心。

就这样越哭越难过。翻来覆去地问,妈妈你能理解我吗?你能理解我吗?你是不是真的能够理解我呢?越说越激动。

妈妈忙抱着我说。能理解能理解,肖若儿我理解你,我们约定好,以后不管你自己决定什么我都支持你,肖若儿。所以你自己也别给自己压力好吗?

嗯嗯。我点着头说"嗯"。我开始有些平静下来了,静静地说:"妈妈我是为了你才好好读书的,因为大人都喜欢成绩,我也喜欢你,所以我要努力考出好成绩来让你喜欢我。"

妈妈就笑了:"傻孩子,不管你怎么样,妈妈都会喜欢你。只是这个社会太现实太功利了。有时候要求你和大家一起比,是觉得你是聪明的,不比他们差。有时候我也会反思,这种要求有意义吗,孩子怎么成长是她的权利,自己好多事都没做到,干吗要求自己的孩子,让她不开心呢,我们追求的不是简单的一种幸福的感觉吗,就不应该让一切又变得复杂了。所以你开心,我就开心,你若伤心,我也很难过。我们的心是在一起的。"

我说出来的话像是一笔交易。妈妈的话却是不计回报的。

我说:"妈妈,我想让生活重新开始,你能答应我吗?"

她迟疑了一下,问:"该怎么重新开始呢?"

我说:"转学。妈妈,我要乖乖地一路往下走,考最好的高中,最好的大学,让你们欣慰和快乐。我行的,我的成绩已经变好了,按这么下去我能考上市重点。不过市重点没有住校,还得走读。还要麻烦你们一起照顾两个孩子。我长大了,我想我可以去省重点,离家不近也不远,还能接受更好的教育。离开熟悉的一切,我一定会独立起来自己照顾自己,也会照顾别人,不那么任性和自私了,会变得成熟而端庄。如果,如果,我再碰到感情上的问题也一定学会自己解决了。妈妈,你相信我吗?"

我接着说,"随便一个省会的初中都好,我都能考过去。考到省重点去。我真想离开这儿了,我能做好的。"

她沉默了一会儿,像是做一个伟大的决定,然后说:"我答应你,你赶快健康起来,我答应你一切事,我们说好的。"

我的眼泪又出来了。

妈妈,我真的无法用语言表达我现在的心情了。

望望不知道什么时候站在了门旁边了，轻轻地叫我："姐姐，你快迟到了呀。怎么还不出来？"幼儿园毕业后望望总坚持和我一起早起，有的时候醒得比我还早，开开心心地来叫我。通常是用刚洗完的湿淋淋的小手擦我一脸水。有时候吓我一跳，我也不和他生气。这是多可爱的孩子啊。

他怔怔地看着我满脸的泪，问我："姐姐，你怎么了？"我摇摇头。妈妈说："姐姐病了，你别来打扰姐姐，一个人去吃饭吧。"望望又说："姐姐都病哭了，快去医院啊。"

后来的事情我都不知道了。迷迷糊糊地睡着了。我说我不去医院不去医院，我知道一切外在的病都是我自己内心的波动造成的，我能治好我自己。所以舒舒服服安安心心地睡在家里了。身体真的很累，这一觉睡得很长，一直睡到下午了。

醒来发现写字台上摆满了好吃的东西。头没有那么疼了，便觉得很饿，早上到现在还一直没有吃饭呢。而段叔叔和妈妈，正在餐桌上特别大声地谈论着什么。

段叔叔满腔怒火地说："这孩子真是太能折腾了，你也不能这么宠着啊，怎么想就怎么来。转一次学得花多少钱，尤其是初三转学，又额外补多少生活费。对，她是你孩子，你别忘了我们还有一个望望的，他是男孩子，以后更得花钱，我们家又不是大款。你知道，考虑到经济问题我们连我们自己的孩子都没要……"

这段话话音还没有落，就被妈妈同样愤怒地打断了。"你怎么就只想到钱，你能不能往深处想一想，以前我们理所当然就那么生活着，肖若儿是怎么成长起来的你又不是不知道。现在孩子带着心灵上的阴影来到我们这里了，她还有谁能投奔呢，你记着我们是她的父母！孩子要求的我们就得给予，这孩子和别的孩子不一样。老段你别跟我张嘴闭嘴钱钱钱的，你能养孩子我也能养，转学的钱我花都行，你一分都不用出，这样行不行！"

然后就是听见，许久的沉默声，然后是愤怒的吸气声，接着"咣当"一下，应该是盘子或者碗掉地上的声音，再然后是——"啪"……不好了，我心一沉，迅速地冲了出去，我的心都快愤怒得跳出来了。我想我现在一定涨得满脸通红。

"肖若儿，是这样的……"段叔叔想说什么。但我可能已经什么都听不下去了，我的心和脸一直在烧着，一直怒视着他。

以前我爸爸经常打我，所以我不喜欢他。我不喜欢所有打女人和儿童的男人。我想我简直快要杀了他了。离餐桌越来越近，越来越近，我都没忍心去看我妈妈可能有些发红的脸，我怒视着那个男人，用布满血丝的眼睛，愤怒地看着那个男人。

我这个举动把两个大人都吓坏了，就同时熄了火，一起担心地问："肖若儿你怎么了？你好不好？别吓唬爸爸妈妈啊……"

我就笑了。笑出声音来了，无助又恐慌的笑。我不知道这是不是我的家了，他还在排斥着我，并且我知道，我来之前他们的关系很和谐，一切都是因为我才这样的。我把很多事情都破坏了。不管我学习怎么好，怎么乖乖的，都得不到他的心。

这可真有意思。

这些都是维持着让我加油的动力。它们难道是想象出来的吗？是假的吗？

谁能告诉我？

并且我让我妈妈难受了。这个时候我不是小孩子了，我希望能帮她分担一些东西。能让她在辛苦的人世间不要承受那么多的压力。她不是个幸福的女人，原来就不是。她没看对人。她是个可爱的天使，很理想，她不知道全天下的男人都是脆弱又小气的，就像眼前的他。男人的胸怀不应该是很伟大的吗，那为什么连一个我都容不下呢？

二十八 最后关头的决定

151

我是真心疼。我亲爱的妈妈，因为我被一个男人打了。我要帮她报仇，帮她报仇，这个声音一直愤怒地在脑海里哀号。可后来我终归还是投降了，我太无力了，突然间来袭的虚弱感都叫我快站不住了。

　　我想我又哭了。我扶着桌子，目光柔和下来，转向我亲爱的妈妈，说着："妈妈对不起，妈妈对不起，我……"

　　我感觉我的心，那么激烈地跳动，它从来没有跳过这么快，它一定累了，慢慢也柔和下来，越来越慢，突然间就不跳了。我觉得它是不跳了的。于是世界突然平和与安静。真好。

　　我希望是这样的。

　　于是，这个世界一片黑暗，天旋地转，又归于平静。

　　我倒下去了。

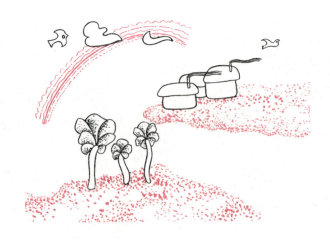

二十九 醒来是新的生活

在一个美丽平静的清晨，我醒了。我妈妈趴在我的床脚睡得正香呢。这还真是个温馨祥和的画面，窗户外面的阳光正好打在她的身上。

我向四周看看，我的床位正好对着窗子，外面能看到"××医院住院部"的大字，我认识它，我以前总来这里。呵呵，多好，我终于也躺进来了。

我想起来走走，发现妈妈正紧紧拉着我的手睡着。握得我满手心都是汗。翻一下身头都跟着很疼，对了，我想起来我是在高处摔下去大概正好摔到头了。

我什么都想起来了，记忆格外清晰，脑子很清醒，我试着回忆解出一道课堂上学的方程式，以证明我脑袋是没问题的，它没有受伤。我要住多久呢？我问自己。后来意识到这个回答不了。出去后该怎样呢？我又问自己。

我依旧是什么都回答不了。

地上摆着很多水果，还有一束很香很香的鲜花，不对，是两束。有一些干枯却还依旧挺着活下去，释放香气的坚强的鲜花。突然间我的视线定格了，因为我看见那一束最漂亮最显眼的鲜花。我知道它们的品种——爱丽丝、风信子和天堂鸟！

恒心、浪漫和自由。我永远记得它们的花语。

我选给某人的鲜花。路诚来过了吗？

他就这样一会儿消失，一会儿又出现了。像一个谜一样。

裕忏忏呢。在我生病的时候，她也来过了吗？

我不知道此时此刻我有多想念他们。

这时候妈妈醒来了，看到我正睁着眼睛东张西望呢，就特别开心。立马就精神了，顶着重重的黑眼圈。她告诉我，我已经睡了快两天了。大家这段日子都很担心我。老师和同学都来看我了。

"是吗？妈，那你记得是谁送我的鲜花吗？"我急忙问。

"老师送的啊。你们班主任抱着花送过来的，他更关心你。"

"哦。"我有些失望，我以为路诚单独来过呢。他应该单独来看我啊！"妈，我好多了。只是被撞的头部有些疼，应该没事儿了。"

"我知道。我知道。"妈妈急忙说。

又过了一会儿，妈妈试探着告诉我："肖若儿。转学手续都办好了，等你出院我们就去新学校了。当然，若儿想多在家里歇几天再去也好，我都由着你。对了，望望一会儿给我们送早餐来。那孩子现在负责一日三餐呢，来了好几次看到你还睡着不能吃就噘着小嘴儿走了。今天他可开心喽。"

"一日三餐？"我有点蒙，望望的小学离家里比较远，他来回跑？他还那么小。

妈妈见我没明白，就解释给我说："我们也给望望办了转学，去省里的小学读书。以后也一路读进省重点，你们姐弟两个好有个照应啊。你病了他也没上学，负责给你送吃的，你叔叔做饭。他们都可关心你了。"

"肖若儿是我们家的希望啊。能创造奇迹的孩子。"妈妈侧过脸来欣赏地看着我。

我一时语塞。

这个时候,望望过来了,段叔叔带着他。一个人手里提着一个饭盒,应该是给我和妈妈的。望望见到我坐着和妈妈说话,显得格外开心,飞奔过来就扑进我的怀里了。一边兴奋地叫着和我说:"姐姐你都快吓死我啦,昨天怎么喊你就是不起来。"

妈妈在一旁笑。

我抬头看看段叔叔,客气地喊声段叔叔好,段叔叔也客气地回了一声,肖若儿好。

于是气氛又有点尴尬。我还记得他打给妈妈那一个耳光,他一定也记得吧。

"饿了吧,吃饭吧,饭菜还是热乎的呢。"段叔叔首先缓解了这种尴尬,让我和妈妈吃饭。据说吃饭完还有一堆的检查要做,还得输液。

我愣了一下,问妈妈:"我有那么严重?"

她还是温柔又贤惠地说:"服从安排吧孩子,不严重怎么能昏迷这么久。不治疗得健健康康的,出门念书,我和你叔叔也不放心你啊。"

可能是想到两个孩子都要出门念书了,一个也不在身边,她不免有些眼泪汪汪的。虽然两个城市距离并不远,坐火车三个半点儿就到了。可还是依依不舍的。

尤其妈妈还问望望:"有时候做噩梦还要妈妈陪着睡,以后会不会想家想得哭鼻子啊?"

望望做个鬼脸,说:"姐姐在身边,我才不想你们呢!"

一家人都笑了。

我要住五天院,除了睡掉的两天还有五天,五天之后正好这一周过去。下一周,我该进入新的生活当中去了。

说真的。我有点紧张。我还没有准备好。

我附近的一切,我那似有似无的爱恋,我那么坚信的一辈子的友情,我的和奶奶一起度过的童年,无限的悲痛思念。该说再见了。

三十　在家里的最后一晚

　　一周之后，星期日的晚上，我出院了。我抱着那束花——爱丽丝、风信子和天堂鸟，它们已经枯萎得不像样子了。我和妈妈说，我就是喜欢它们，不管怎么样，就是喜欢。我要看到它们化为泥土也要留着它们。

　　说这句话的时候，段叔叔也在旁边。他笑着说，我们家的肖若儿果然和别人家的孩子是不一样的。

　　不知道什么时候，我又开始叫他"叔叔"了，叫爸爸就是不自然，不习惯。有一些称谓就是勉强不了的，"爸爸"就是其中的一个啊。

　　望望今天出奇的安静，也没有和我抢着拿水果和那束枯萎的花。妈妈逗他："望望开始思考了啊，在思考什么呢？"段叔叔说："我们望望正在想将来的事情呢，比如说明天就要离开家一个人去上小学了呀。"

　　他还是没说话。过了一会儿，悄悄拉了拉我的衣角说："姐姐，我想和你一起睡。"

　　"好。姐姐和你一起睡。"

　　望望还是嘟着小嘴。若有所思的。

　　他还是太小了，面对未知的世界，有点害怕和迷茫。明天将会是我们两个人的旅行了。爸爸妈妈原来打算跟过去的，后来商量着让我们两个自己去办。行李什么的都用快递邮到学校了。

肖若儿快十五岁了,可以保护好弟弟,办好我们所有的事情。明天先去小学帮望望办好入学手续,然后去高中办自己的。幸亏我们两个的学校不太远,地铁的两个站。去之前特意在百度地图上查到的。

一瞬间,觉得自己是真的长大了。以前没这么深刻地体会到。

躺在床上,一宿都没舍得睡。望望也没睡踏实,一晚上都在翻身,然后拼命往我怀里钻。然后四点天还没亮,就要起来去火车站了。爸爸妈妈也起来,送我们到火车站。还在嘱咐我,望望还是太小了,肖若儿你好好照顾他。以后在新的环境里,好好适应,别总让自己不快乐了。他们还一直在说一直在说,我就一直点头一直点头。直到天蒙蒙亮,从家门口到火车站,火车来了我们要从检票口进去了,他们才罢休。

我背着一个小书包。手里拎着我和望望的早餐。其他的东西都邮到学校了,他们终归是爱我们的。一点沉的东西都不给我们带,而在那之前,已经给新的学校打一百个电话,把一切都交代好了。

我还要想一下,现在班级里,大家都在干什么呢? 会不会有谁,突然想起我,就像我偶尔会想起他们一样。

好吧好吧,一切就都过去了。以后的日子要强大起来了,我要保护另外一个人呢。这样一想生命马上就变得有意思了,顿时全身热血沸腾起来。

走吧望望,我们出发。走之前我们一人拥抱了妈妈一下,心情挺复杂的。

"望望,想妈妈吗? "上车后我问他。

"想。"声音是哽咽着出来的,马上就要哭了。

唉,我叹了一口气。儿时的孩子都是依赖妈妈的啊,不知道他们怎么想的,让望望和我一起去。

我安慰他:"没关系啊望望,周末我们随时都能回来。新学校里有更多的小朋友一起玩儿，你永远不会孤单。只要你喊我一声，姐姐也能到身边来了啊。"

对了，走之前家里给我们一人买了一部手机。望望的手机是设了快捷键的，按1是妈妈，2是段叔叔，3是我。大人有的时候还是比较周到和体贴的。车厢很拥挤，周围的大人看着我们表现得特别好奇，一直在问我们这样那样的话。

对啊。我刚刚十四岁，而望望还是一个得买儿童票的小孩儿呢。我们俩一起出来，没有一个家长跟着，在别人眼里很神奇。

比如说问我们去干什么去，今天多大了，爸爸妈妈是干什么的。我们俩都有很大的耐心，一个一个热心全面地回答，这也得到了周围人的喜欢。他们塞给我们一手好吃的东西。

刚才心很乱的，一刻都没有落地。一直担心很多很多事情，而现在见到大家这么热情这么好，便也就忘了一切，全心全意地投入大家的谈话中了。人生中有一些相聚叫萍水相逢，就像这次旅途一样，等火车进站，就是相遇的终点，这辈子都不会再见了。

想到这里头又"嗡"了一下，那么我的初中呢，那个班级，现在我离开了会不会有一部分同学这辈子同样也再也不会见到了呢？路诚，裕忻忻……

火车飞速地带着我们离开了家乡，越来越远，可是离新的生活却越来越近了。

望望紧紧地握着我的手。

突然间觉得我的青春期也就这么过去了。

我做过那么多幼稚的事情。想想就觉得不可思议。但还是不后悔的，包括我的脆弱和屈辱，现在看来它们算什么啊。

最开心的还是我曾经还收获过那么与众不同的感情，在别的小孩子的生命里前十几年可能不存在的东西。

我叫肖若儿。一个完全成熟起来的大人了。

一段旅程过后告别了我阴暗的过去。

我的身边出现过很多的人，但我把他们都弄丢了。路太漫长了，你们陪我走累了，我知道的。

幻听里天使的歌声真好听，谁能来与我分享就好了。

浮光掠影都能触发我太多的感慨，谢谢你聆听我的。

我在熟睡的梦乡里，透过梦的呓语里，每一句都有你，我的亲爱们。

尾声

后来的故事很美好,带着他把所有的手续都办完开始新的生活了。望望在新的学校住校。大家都夸他是个很棒的小孩子,能把被子叠得整整齐齐的。他还骄傲地告诉别人说,那是姐姐教给他的豆腐块叠法。是正方形的,别人叠的都是长方形的。

我和另外一个外市的女孩子在学校附近租了一个小屋子,邻居对这么小的孩子租房子感到很惊讶,平时也没少照顾我们。大家都是好人,每当买什么蔬菜和水果有时候路过一层还分给我们一些。我想有租房情结可能是尚阡陌姐姐传递给我的。我于是也学会做菜了,周末的时候把望望接过来一起吃。

做的菜都是当时尚阡陌姐姐最爱吃的。

后来有一天望望终于说:"我觉得姐姐做的饭比妈妈的好吃。"

望望比我小的时候乖多了,比我省心。有一天他悄悄和我说:"姐姐其实我内心里也是一个叛逆的人哦。我们是一样的。"

然后裕忓忓我们在通信啦,彼此喜欢的人总会找到对方。平均两个月一封,每收到一封会开心好几天。

后来她和我说,肖若儿我记着你一直在写童话来着,我们来个童话接龙吧,永远完不了的接龙。直到我们很老很老了,拿不起笔来为止。哈哈,这又是另一个浪漫的故事了。

再然后就是我突然想起来。路诚走得干干净净的,什么都没留下。当我怀疑有没有路诚这个人存在时,我收到了一个包裹,感觉应该是很远的地方寄过来的。打开什么都没有,后来找了找才发现,从包裹的角落里,飘出了一朵鲜红的木棉花……

它真美。虽然干枯了,被书本夹过,完整得比梦里的任何一朵都要美。